Andreas Schlüter · Irene Margil

Spielmacher

Justus

STECKBRIEF

Michael: Athlet

Alter:
12 Jahre

Nation:
USA

Geschwister:
keine

Hobby:
Krafttraining

Lieblingsfarbe:
gold

Sternzeichen:
Widder

Schwäche:
protzt manchmal mit seinen Muskeln

Stärke:
meistens schnell im Handeln

Motto:
„Köpfchen allein genügt nicht. Kraft gehört dazu!"

Lieblingsfächer:
gibt es nicht!

Berufswunsch:
Sport-Animateur, Fitnesstrainer

S

Geschwister:
Schwester Huong

Hobby:
Pflanzen, Bons

Lieblingsfarbe:
grün

Sternzeichen:
Löwe

Schwäche:
manchmal gef

Stärke:
ruhig und a

Motto:
„Es gibt i

Lieblingsfäch
Biologie,

Berufswuns
Richteri

STECKBRIE

Jabali: Läufer

Alter:
12 Jahre

Nation:
Südafrika

Geschwister:
Bruder Rasul, 6 Jahre

Hobby:
Eisherstellung

Lieblingsfarbe:
täglich wechselnd

Sternzeichen:
Waage

Schwäche:
ist manchmal lieber allein

Stärke:
ausdauernd, geduldig

Motto:
„Nicht weglaufen, sondern hinlaufen!"

Lieblingsfächer:
Mathematik

Berufswunsch:
Sportwissenschaftler

CKBRIEF

Kämpferin

hre

Deutschland, ihre
n kommen aus Vietnam

hre

lumen

wie eine Giftschlange

hen

inen Weg."

ers: Pflanzenkunde

STECKBRIEF

Ilka: Schwimmerin

Alter:
12 Jahre

Nation: Australien, die
Eltern kommen aus Deutschland

Geschwister:
keine

Hobby:
Zierfische, Salzwasseraquarium

Lieblingsfarbe:
türkisblau

Sternzeichen:
Skorpion

Schwäche:
hasst ihre Sommersprossen

Stärke:
unternehmungslustig, zuverlässig

Motto:
„Achte jedes Tierchen!"

Lieblingsfächer:
Physik, Chemie, Biologie

Berufswunsch:
Meeresbiologin oder Sportärztin

STECKBRIEF

Lennart: Ballkünstler

Alter:
12 Jahre

Nation:
Deutschland

Geschwister:
keine

Hobby:
Jonglieren und Bällesammeln

Lieblingsfarbe:
Linhs Augenfarbe

Sternzeichen:
Schütze

Schwäche:
manchmal hektisch und nervös

Stärke:
lebendig, kommunikativ

Motto:
„Erst zielen, dann handeln."

Lieblingsfächer:
Englisch, Deutsch

Berufswunsch:
Dolmetscher

Andreas Schlüter, geboren 1958, ist einer der erfolgreichsten Kinder- und Jugendbuchautoren der letzten Jahre. Gleich sein erstes Buch ›Level 4 – Die Stadt der Kinder‹ wurde ein Bestseller. Neben den zahlreichen ›Level 4‹-Bänden sind auch seine ›Heiße Spur ...‹-Abenteuer um Marion und das sprechende Chamäleon bei dtv junior im Taschenbuch lieferbar.
Zusätzliche Informationen über Andreas Schlüter und seine Bücher stehen unter www.aschlueter.de und www.fuenfasse.de zur Verfügung.

Irene Margil, geboren 1962, entdeckte im Alter von 9 Jahren zwei Leidenschaften: das Fotografieren und den Sport. Das Fotografieren machte sie zu ihrem Beruf, den sie bis heute in Hamburg ausübt. Basketball, Skifahren, später Wen-Do und Karate waren ihre bevorzugten Sportarten, bis sie mit 33 Jahren das Laufen entdeckte. Sie läuft Halbmarathon und Marathon. Daneben ist Irene Margil ausgebildete Lauftherapeutin und Nordic-Walking-Trainerin. ›Fünf Asse‹ ist ihr erstes gemeinsames Buchprojekt mit Andreas Schlüter bei dtv junior.
Zusätzliche Informationen über Irene Margil und ihre Bücher unter www.irenemargil.de.

Andreas Schlüter · Irene Margil

Spielmacher

Fünf Asse

Sport-Krimi

Mit einem Daumenkino
von Karoline Kehr

Deutscher Taschenbuch Verlag

Originalausgabe
In neuer Rechtschreibung
August 2009

www.dtvjunior.de
Umschlagkonzept: Karoline Kehr
Umschlagbild: Karoline Kehr
Lektorat: Anke Thiemann
Gesetzt aus der Lucida Sans 11/15'
Gesamtherstellung: Druckerei C. H. Beck, Nördlingen
Gedruckt auf säurefreiem, chlorfrei gebleichtem Papier
Printed in Germany · ISBN 978-3-423-71368-9

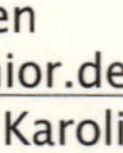

Der Neue

Lennart dribbelte den Ball hoch und lief schnell. Noch hatte er freie Bahn. Erst als sich sein direkter Gegenspieler näherte, dribbelte er tiefer, konnte so den Ball mit dem Körper gut abschirmen und den Block des Gegners umlaufen. Um Michael als nächsten heranspringenden Verteidiger zu täuschen, spielte er sich den Ball hinter dem Rücken von der linken auf die rechte Hand, sprang mit einem Bein ab, schraubte sich in die Luft und legte den Ball in den Korb.

Michael, der auf Lennarts Täuschung reingefallen und ins Leere gesprungen war, ärgerte sich. »Schrittfehler!«, reklamierte er.

Frau Kick lachte, schüttelte den Kopf in Richtung Michael und spendete Beifall für Lennart.

Natürlich hatte Lennart den Ball nicht wirklich in den Korb gelegt, dazu war er viel zu klein, wie seine Mitschüler auch. Trotzdem sprach man von einem Korbleger, wenn die Spieler versuchten, den Abstand zwischen dem Ball und dem Korb so klein wie möglich zu halten.

Lennart war schon wieder Richtung Korb unterwegs, als Frau Kick das Training unterbrach, weil Schuldirektor Professor Stölzer die Halle betrat und einen Jungen in Lennarts Alter hereinführte. Er entschuldigte sich für die Verspätung.

Frau Kick hieß den Jungen herzlich willkommen, rief ihre Mannschaft zusammen und stellte den Neuen vor: »Das ist Jamie. Er geht ab heute hier zur Schule.«

Die anderen nickten Jamie zu.

»Kannst du Basketball spielen?«, fragte Michael.

Lennart schaute Michael verständnislos an und zog die Augenbrauen hoch. »Ich nehme mal an, sonst hätte Herr Professor Stölzer ihn nicht hergebracht. Oder?«

Michael schwieg. Dem Direktor traute er alles zu. Der würde auch ein Pferd in die Schwimmhalle führen.

Aber Frau Kick nickte mit einem Lächeln. »Ich denke schon, dass er das kann, oder?« Sie zwinkerte Jamie zu. »Er spielt nämlich Streetball.«

»Echt?«, staunte Lennart »Hier!« Er warf Jamie den Ball zu.

Jamie fing ihn auf.

»Zeig mal!«, forderte Lennart.

Jamie stellte sich in Position und warf den Ball auf den Korb, ohne sich auch nur einen Schritt von seinem Platz fortzubewegen. Einfach so aus dem Stand. Und der Ball schlug ein. Er fiel glatt durch die Maschen des Korbs, ohne den Ring überhaupt zu berühren.

»Wow!«, stieß Lennart anerkennend aus. »Ein satter Dreier!«

Auch die anderen applaudierten voller Bewunderung.

Und Michael rieb sich die Hände: »Mit dem haben wir den Sieg in der Tasche. Die Grünheimer können sich schon mal gehackt legen!«

Jamie warf Michael einen fragenden Blick zu. Frau Kick übernahm die Erklärung: Der Basketball-Auswahl der James-Connolly-Schule stand ein großes Ereignis bevor. Eine große amerikanische Fast-Food-Kette richtete ein internationales Basketball-Schul-Turnier in Berlin aus. In ganz Deutschland fanden dazu Qualifikationsturniere statt. Natürlich wollte die James-Connolly-Schule die Qualifikation gewinnen, um Deutschland vertreten zu dürfen. Aber die Vorzeichen standen schlecht. Die fünften und sechsten Klassen der James-Connolly-Schule waren relativ klein. Und so war es schwer, eine gute Auswahlmannschaft zusammenzubekommen.

»Wir müssen schon auf solche Dampfwalzen wie Michael zurückgreifen«, frotzelte Lennart und fing sich dafür einen Boxhieb von Michael auf den Oberarm ein. Aber Lennarts Spruch hatte einen wahren Kern: Michael war zwar nicht besonders schnell und hatte auch kein übermäßiges Ballgefühl, aber mit seiner athletischen Körperkraft räumte er nahezu jeden Rebound ab.

»Und Jabali spielt auch noch mit«, erklärte Michael und drehte sich suchend um, als ob er erst jetzt bemerkte, dass Jabali fehlte. »Wo steckt der eigentlich?«

Michael fragte, obwohl er es sich denken konnte. In letzter Zeit musste Jabali öfter als ihm lieb war auf seinen kleinen Bruder Rasul aufpassen. Zu Jabalis großem Ärger musste er deshalb so manche Trainingseinheit ausfallen lassen. So wie diese, die extra zur Vorbereitung auf die vorentscheidenden Regionalspiele angesetzt worden war.

Ohnehin hatten Lennart und seine Freunde Pech, denn die Altersgrenze war vom Veranstalter so blöd festgelegt worden, dass sowohl Lennart als auch Jabali und Michael nicht mehr in der U12 spielen durften, obwohl sie selbst erst 12 Jahre alt waren, sondern in der U14 spielen mussten. Das hieß, wenn es ganz dumm lief, mussten sie gegen zwei Jahre ältere Spieler antreten. Die Vorzeichen, die Finalrunde des Turniers zu erreichen, standen also denkbar schlecht.

Umso erfreuter nahmen Lennart und Michael, aber auch die anderen aus der Mannschaft – Thorsten, Cem, José, Kai, Philipp – den Neuzugang Jamie auf. Er war genau der zehnte fehlende Mann in der Mannschaft, sodass sich jeweils zwei komplette Teams abwechseln konnten. Wenn alle da waren. Heute fehlte neben Jabali auch Sergej.

»Dann lasst uns doch gleich mal ein Trainingsspielchen machen«, schlug Lennart vor. »Vier gegen vier.«

Frau Kick war einverstanden. Da Lennart der beste Spieler war und Jamie offenbar ebenfalls über außergewöhnliche Fähigkeiten verfügte, teilte sie beide verschiedenen Mannschaften zu. Sie wollte sehen, was Jamie alles konnte, und hoffte insgeheim, neben Lennart einen zweiten Spielmacher gefunden zu haben.

Ihre Hoffnung schien sich schnell zu erfüllen. Jamie entwickelte sich bald zur zentralen Anspielfigur, verteilte die Bälle klug, gab Anweisungen, wann eine Eins-zu-eins-Situation entstehen sollte und wann nicht. Wenn gar nichts mehr ging, scheute Jamie sich auch nicht, einen Alleingang zu wagen. Michael, Cem und Philipp ließ er dabei stehen wie Trainingsstangen. Den Korbleger in unterschiedlichsten Variationen beherrschte Jamie sogar noch besser als Lennart.

Gerade als Jamie auf spektakuläre Art für die Führung zum 19:17 sorgte, betraten Linh und Ilka die Halle, um zu sehen, wie die Vorbereitungen der Jungs liefen.

Ilka hatte noch nasse Haare vom Schwimmtraining. Neuerdings föhnte sie ihr Haar nicht, aus Angst, es würde ihren schönen Naturlocken schaden. Linh konnte über so viel Eitelkeit nur schmunzeln, vermied es aber, sich deshalb über Ilka lustig zu machen. Linh selbst trug ihre Haare wie meistens streng nach hinten gekämmt und dort zusammengebunden. Ganz so, wie es im Kampfsport üblich war, obwohl sie an diesem Nachmittag trainingsfrei und sich bis zur Verabredung mit Ilka mit ihren Bonsai-Pflanzen beschäftigt hatte.

Der Neue fiel Ilka sofort ins Auge. »Hey!«, rief sie erstaunt. »Wer ist das denn?«

Frau Kick erklärte es ihr. Und Ilka strahlte. Linh vermutete, nicht nur wegen der großartigen Fähigkeiten, die Jamie als Basketballspieler zeigte. Offenbar gefiel Ilka der neue Junge auch so außerordentlich gut.

»Der Name ist englisch, nicht?«, fragte Ilka nach, wobei sie versuchte, möglichst gleichgültig zu klingen. »Kommt er auch aus den USA?«

Obwohl Michael zu ihren besten Freunden gehörte, eckte er mit seiner angeberischen Art oft bei ihr an. Ilka wusste nicht, ob alle Amerikaner solche Großmäuler waren, aber es schadete auch nichts, wenn dieser Jamie aus einem anderen Land kommen würde, dachte sie bei sich.

»Kanada!«, antwortete Frau Kick. Ilkas Miene hellte sich noch weiter auf.

Seltsame Verabredung

Jamies Mannschaft gewann das Trainingsspiel mit 50:43.

Trotz der Niederlage freute Lennart sich. Dieser Jamie war eine enorme Verstärkung ihres Teams. Lennart sah den Vorentscheidungsspielen längst nicht mehr so düster entgegen wie vor Jamies Erscheinen.

Diese Meinung teilte Michael zwar, dennoch hatte er schlechte Laune. Zumindest für einen kurzen Moment. Er verlor einfach nicht gern, selbst wenn es nur im Training war.

Ilka hingegen empfing die Jungs am Spielfeldrand überaus gut gelaunt. »Glückwunsch!«, rief sie Jamie zu und reichte ihm die Hand.

Jamie schlug zögerlich ein, etwas verwundert darüber, für den Sieg in einem Trainingsspiel Glückwünsche zu erhalten.

»Ich bin Ilka«, stellte sie sich vor.

Jamie nickte schüchtern, was Ilka sehr gefiel. »Jamie.«

»Das ist meine Freundin Linh!« Ilka zeigte auf Linh, die neben ihr stand und gerade Lennart und Michael begrüßte.

»Sie sind von den Fünf Assen!«, fügte Cem an, als er an Jamie vorbeiging und sich sein Handtuch von der Bank nahm.

»Hä?«, fragte Jamie.

»Na, unsere Sportasse«, erklärte Cem. »In allen möglichen Sportarten bringen sie absolute Topleistungen und sind auch noch *so*!« Zur Veranschaulichung hakte Cem seine beiden Zeigefinger ineinander, was so viel heißen sollte wie: verschworene Gemeinschaft.

Jamie begriff und nickte.

Ilka errötete. »Ach!«, winkte sie ab. »So toll sind wir gar nicht. Michael zum Beispiel ist in allen anderen Fächern eine echte Niete.«

»Schönen Dank!«, zischte Michael. »Und Ilka wachsen schon Schuppen auf der Haut, so oft ist sie im Wasser!«

Jamie lachte.

»Wie du siehst, sind wir sehr nett«, grinste Ilka.

»Und deshalb wollte ich dich auf ein Eis einladen.«

Jamie staunte Ilka ebenso an wie die anderen auch.

Ilka bemerkte es, errötete wiederum und fügte schnell an: »Euch auch, natürlich!« Sie schloss mit einer Geste Linh, Michael und Lennart ein.

»Super!«, freute sich Michael. »In ein richtiges Eiscafé. Dann müssen wir endlich mal nicht Jabalis Experimente aufessen! Neulich hat er Erdbeereis mit Chili gemacht, der Wahnsinnige.«

»Das war erstens Schokoeis und zweitens bin ich nicht wahnsinnig!«

Michael drehte sich um. Jabali stand hinter ihm, mit seinem Bruder Rasul an der einen und einer Kühltasche in der anderen Hand.

»Zu Hause war es so langweilig mit ihm hier.« Jabali deutete mit einer Kopfbewegung auf seinen Bruder. »Da haben wir Eis gemacht. Softeis, weil es nicht lange genug in der Tiefkühltruhe lag.«

Ilka grinste übers ganze Gesicht, und Michael begriff, dass sie Jabali schon gesehen hatte, als sie ihre Einladung aussprach. Laut seufzend verabschiedete sich Michael vom Eiscafé. »Okay. Und wo?«

»Wir gehen zu mir!«, schlug Linh vor. Mit anderen Worten: wie immer. Die Fünf Asse trafen sich meistens bei Linh. In Jabalis Zimmer herrschte im Allgemeinen totales Chaos, Michaels Zimmer ähnelte einem Kraftraum im Fitnesscenter, und warum sie sich selten bei Lennart oder Ilka trafen, hätte eigentlich niemand sagen können. Alle aber waren sich einig: Bei Linh war es mit Abstand am gemütlichsten. Jeder der Fünf Asse hatte dort einen festen Platz auf einem Sitzkissen. Und für Jamie würde sich auch noch ein Plätzchen finden.

Die fünf verabschiedeten sich von den anderen Jungs der Basketballmannschaft und nahmen Jamie mit.

Bis vor die Tür der Sporthalle. Auch noch bis zum Ausgang der Schule. Dort blieb Jamie plötzlich stehen. »Ach, tut mir leid. Ich kann doch nicht«, entschuldigte er sich.

»Okay«, antwortete Michael sofort.

Doch für Ilka war überhaupt nichts okay. »Wie?«, fragte sie verwundert.

»Ich ... m-m-muss ... weg«, stotterte Jamie.

Ilka erkannte sofort, dass Jamie verzweifelt nach

 einer Ausrede suchte. »Was ist los?«, hakte sie nach. »Eben wolltest du doch noch.«

»Tut ... tut mir leid«, druckste Jamie unbeholfen herum. »Aber ... Vielleicht beim nächsten Mal. Danke für die Einladung. Tschüss!«

Dann lief er los, hinüber auf die andere Straßenseite, wo ein paar Jungs an der Ecke standen.

»Was war das denn?«, fragte Ilka, während sie Jamie verblüfft und enttäuscht hinterhersah.

»Klarer Fall von Abfuhr!«, feixte Michael.

»Blödmann!«, fauchte Ilka ihn an. »Auf deine Kommentare kann ich jetzt wirklich gut verzichten!«

»Wer würde Ilka denn eine Abfuhr erteilen? Ich jedenfalls nicht«, meinte Jabali. »Da stimmt doch was nicht. Was waren denn das für Typen dort an der Ecke?«

Rasul wurde es langweilig. Er zerrte an Jabalis Hand. »Eis!«, quengelte er. »Ich will ein Eis!«

»Ja! Gleich!«, fertigte Jabali ihn ab.

Auch Linh und Lennart hielten Jamies Verhalten für höchst merkwürdig.

»Wenn das seine Streetball-Freunde waren«, überlegte Linh, »weshalb wusste Jamie nicht, dass sie hier sind? Sonst hätte er doch nicht erst zugesagt, mit uns zu kommen. Und wieso macht er so ein Geheimnis daraus?«

Lennart nickte ihr eifrig zu. »Genau. Die hätten doch zugucken können. Ich meine, wenn es wirklich seine Freunde sind, muss es sie doch interessieren, wie er sich in der neuen Schule so einlebt und wie es ihm in der neuen Mannschaft ergeht?«

»Ihr spinnt euch wieder einen Krimi zurecht«, winkte Michael ab. »Jamie will eben lieber mit seinen Kumpels losziehen als mit Ilka. Fertig. Da macht ihr wieder so ein Trara darum.«

Ilka warf Michael einen bösen Blick zu. Dann zeigte sie auf die Straße. »Schnell!«, rief sie.

»Was?«, fragte Michael irritiert und sah sich um.

»Deine letzte Gehirnzelle rollt weg. Willst du hinterher und sie einfangen?«, giftete Ilka.

Michael verzog das Gesicht und schüttelte den Kopf.

»Denkt, was ihr wollt«, verkündete Ilka. »Ich schau nach, was da los ist. So leicht lasse ich mich nicht versetzen.« Sie wandte sich an Linh. »Kommst du mit?«

»Wie? Was?«, stammelte Michael. »Was habt ihr

vor? Du willst Jamie doch wohl nicht heimlich folgen?«

»Ich will nur nach dem Rechten sehen«, verbesserte Ilka. Und stiefelte los. Linh begleitete sie.

Die Jungs blieben stehen und sahen ihr nach. Michael, weil er fand, Ilka übertrieb maßlos. Jabali, weil er auf seinen Bruder aufpassen musste. Und Lennart, weil auch er es etwas komisch fand, einem neuen Mitschüler gleich nachzuspionieren, nur weil er mal seine Meinung geändert hatte. Wenngleich ihm Jamies Verhalten auch sehr seltsam erschienen war.

Die Streetballer

Ilka und Linh standen an der Straßenecke und sahen hinüber zum Kaufhaus, vor dem Jamie mit den anderen Jungs stand. Sie schienen irgendetwas zu beraten.

»Na toll!«, schmollte Ilka. »Der sagt mir ab, um mit seinen Kumpels sinnlos vor einem Kaufhaus rumzuhängen. Und dann hat er noch nicht mal den Mumm, mir das ins Gesicht zu sagen. Vielen Dank! Der Typ kann mir ab sofort gestohlen bleiben.«

Sie wollte gerade abdrehen und nach Hause gehen, als Linh sie festhielt. »Warte noch mal!«

»Wieso denn?«, maulte Ilka. »Ich verschwende doch nicht meine Zeit an so einen Blödmann!«

»Die hängen nicht rum«, glaubte Linh. »Die haben was vor.«

»Mir egal«, entschied Ilka.

Doch Linh beharrte darauf, abzuwarten und die Jungs noch ein wenig zu beobachten.

Seufzend gab Ilka nach, wenngleich sie nicht wusste, was Linh sich davon versprach. So blieben sie ein paar Minuten stehen und beobachteten die Gruppe von Weitem.

Nachdem die noch ein wenig miteinander geredet und anscheinend »Schnick Schnack Schnuck« gespielt hatten, zog der größte Teil der Gruppe – darunter auch Jamie – weiter. Zwei der Jungs betraten das Kaufhaus. Offenbar die beiden, die das Spiel verloren hatten.

»Komm! Lass uns gehen«, bat Ilka.

»Wieso denn? Unser Treff bei mir fällt jetzt doch sowieso aus«, widersprach Linh. »Mich würde schon interessieren, wo die jetzt hinwollen.«

Ilka stöhnte.

Die Jungs zogen weiter und Ilka und Linh hängten sich dran. Sie brauchten nicht lange zu gehen. Nur ein paar Straßenzüge weiter kamen sie zu einem Spielplatz, neben dem ein eingezäuntes Basketballfeld eingerichtet war. Drei Jungs spielten dort bereits auf einen Korb. Offenbar gehörten sie ebenfalls zu Jamies Kumpels. Denn sie klatschten sich gegenseitig ab, warfen sich den Ball zu, zogen sich schnell ihre lästigen Pullis und langen

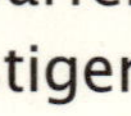

Hosen aus. Darunter kamen ärmellose Hemden und Sporthosen zum Vorschein und im Nu war aus dem Korbwerfen ein richtiges Spiel entstanden: drei gegen drei.

»Der bekommt wohl nie genug«, bemerkte Ilka. »Der hat doch gerade das Schultraining hinter sich und nun spielt er schon wieder – statt mit mir Eis zu essen.«

»Aber man sieht es ihm auch an«, musste Linh anerkennen. Und doch: So hervorragend Jamie auch spielte, die anderen schienen um keinen Deut schlechter zu sein. Die Jungs legten ein paar Würfe hin, wie die Mädchen sie in der Schule noch nie gesehen hatten.

»Wenn das die Schulauswahl wäre, könnte man die Siegerurkunde schon mal auf unseren Namen ausstellen«, war Linh sich sicher.

Obwohl die Streetballer offenbar ohne jegliche Anleitung, ohne systematisches Training, ohne jede Strategie oder Taktik spielten, zauberten sie ein trickreiches Spiel aufs Feld. Besonders auffällig war, wie gut es ihnen gelang, durch die Beine des Gegners zu spielen. Es war unverkennbar: Sie hatten einfach riesigen Spaß. Und ganz offensichtlich

taten sie Tag für Tag nichts anderes. Bestenfalls mal unterbrochen von wenigen kurzen Pausen. So wie jetzt.

Die beiden Jungs, die ins Kaufhaus gegangen waren, kamen zurück. Sie packten ihre Taschen aus, verteilten Cola, Limonade, jede Menge Süßigkeiten und Chips, die sich alle mit Genuss reinstopften.

Ilka musste lachen: »Wenn das Frau Kick sehen würde, wo sie sich doch immer solche Mühe gibt, uns von gesunder Ernährung zu überzeugen.«

»Wieso?«, lachte Linh mit. »Ist doch ein fehlerfrei zusammengestelltes Paket voll ungesunder Lebensmittel. Sehr anschaulich. Ich erkenne jedenfalls nichts Gesundes dabei.«

Ilkas Ärger über Jamies Abfuhr verrauchte so schnell, wie er entstanden war. Sie hatte eine neue Idee. »Wenn er meine Einladung ablehnt, können wir uns bei ihm doch selbst einladen«, fand sie.

Linh überlegte kurz, fand den Vorschlag dann gar nicht so schlecht.

Lächelnd gingen sie näher und schauten durch die Maschen des hohen Zauns von außen zu. Als Jamie ihnen einmal zufällig kurz einen Blick zuwarf, winkte Ilka ihm. »Hallo, Jamie!«

Jamie wirkte zunächst etwas verwirrt, zögerte kurz, lief dann aber zum Zaun.

»Hallo. Was macht ihr denn hier?«, fragte er.

»Wir sind nur zufällig in der Gegend«, schwindelte Ilka. »Dort hinten wohnt meine Tante. Die wollte ich besuchen – nachdem du ja keine Zeit für mich hattest.«

Jamie nahm den Vorwurf verlegen entgegen. Zur Entschuldigung deutete er auf die Jungs. »Wie du siehst, wären wir einer zu wenig, wenn ich fehlen würde.«

»Aber wir sind zwei«, stellte Ilka fest und zeigte auf sich und Linh. »Dürfen wir mitspielen?«

Jamie schaute plötzlich unsicher, blickte schüchtern zu Boden, drehte sich kurz zu seinen Kumpels um, die sich schon zu fragen schienen, was Jamie mit den beiden Mädchen zu schaffen hatte.

»Okay, ich frag mal«, sagte er schließlich und lief zu den anderen.

»Was gibt's denn da zu fragen?«, wunderte sich Ilka.

Sie sah, wie Jamie eifrig mit seinen Mitspielern diskutierte, wobei es von Weitem nicht den Eindruck machte, als ob Jamie allzu viel zu sagen hatte.

Doch kurz darauf winkte er den Mädchen zu, dass sie aufs Spielfeld kommen sollten.

Linh und Ilka teilten sich auf die beiden Mannschaften auf und dann ging es sofort los. Ilka wollte es den Jungs zeigen. Denn offenbar hatten die ja ein Problem damit gehabt, dass nun zwei Mädchen mitspielten. Sich einen Rebound zu ergattern, brauchte Ilka gar nicht erst zu versuchen. Die meisten Streetballer waren älter und somit gut einen Kopf größer als sie. Auch Jamie war größer, aber der spielte ohnehin in ihrer Mannschaft. Doch ansonsten war Ilka keine schlechte Spielerin. Sie konnte sehr gut fangen, hatte sich von Lennart einige Tricks beim Dribbling abgeguckt und war auch eine recht sichere Werferin. Oft schon hatte sie im Schulsport Dreier erzielt, sogar wenn sie mit den Jungs zusammenspielte. Wären beim Turnier gemischte Mannschaften erlaubt, wäre sie sicher auch mit in die Auswahl gekommen. Aber leider waren es reine Jungenmannschaften.

Diesmal aber konnte Ilka ihre Fähigkeiten nicht unter Beweis stellen, denn sie bekam den Ball nicht. So sehr sie sich auch freilief und den Ball forderte, niemand spielte sie an. Nicht einmal, wenn sie ganz zweifellos in günstiger Position stand. Lieber versuchte einer der Jungs einen aussichtslosen Alleingang, als sie anzuspielen. Ilka konnte es nicht fassen und ärgerte sich maßlos darüber. Linh auf der anderen Seite erging es nicht besser. Das allerdings tröstete Ilka wenig. Nicht mal Jamie spielte sie an. Darüber ärgerte Ilka sich am meisten. Sie blieb stehen, stützte die Hände in die Hüften, überlegte, was sie tun oder sagen sollte. Genau in dem Augenblick spielte einer aus ihrer Mannschaft ihr in den Lauf. Aber sie war ja nicht mehr gelaufen.

Genau das kritisierte der Werfer jetzt. »Wieso bleibst du denn stehen, Mann?«, schimpfte er.

Ilka war sprachlos.

»Hör mal!«, schimpfte sie dann zurück. »Glaubst du vielleicht, dass . . .!«

Weiter kam sie nicht.

Einer der Jungs stieß einen Pfiff aus. Und als wäre ein neuer Wettbewerb eröffnet worden, rannten alle zu ihren Sachen, warfen sich blitzartig ihre Pullis und Hosen über, schnappten sich ihre Rucksäcke und waren innerhalb von wenigen Sekunden verschwunden.

Ilka und Linh blieben allein auf dem Platz zurück.

»Was war das denn?«, fragte Ilka.

»Keine Ahnung«, bekannte Linh. Sie drehte sich im Kreis und scannte die Umgebung ab. Nichts zu sehen, was die plötzliche Flucht der Jungs erklärt hätte. Flucht, so musste man deren plötzliches Wegrennen ja wohl nennen, fand Linh. Wovor aber waren sie geflüchtet? Linh und Ilka hatten nicht die geringste Idee.

Die Qualifikation

Auch in den nächsten Tagen benahm Jamie sich »irgendwie komisch«, wie Ilka es ausdrückte. Michael hingegen sah die ganze Angelegenheit nicht so dramatisch. Im Gegenteil. Bloß, weil Jamie Ilka hatte abblitzen lassen, sollte sie jetzt nicht ständig auf ihm herumhacken, fand er.

»Jamie hat mich nicht abblitzen lassen«, stellte Ilka immer wieder klar. »Ich habe nur festgestellt, dass er sich eigenartig benimmt. Er läuft vor uns weg. Er spricht nicht über sich. Er sagt Einladungen zu, dann spontan wieder ab. Und wenn man mit ihm drüber reden will, haut er wieder ab. Das ist doch nicht normal!«

Michael winkte ab. Er wollte von Ilkas Liebesproblemen, wie er es nannte, nichts wissen. Jamie war zu wichtig für die Schulmannschaft. Ilka sollte ihn am besten in Ruhe lassen. Klar, dass Ilka und Michael deshalb immer wieder in Streit gerieten.

Jetzt schilderte Ilka bestimmt zum zehnten Mal, auf welche seltsame Weise die Streetballer fluchtartig den Platz verlassen hatten, ohne jeden sichtbaren Grund. Linh konnte das ja bestätigen.

»Und die werden kaum alle meinetwegen geflüchtet sein!«, warf Ilka Michael noch an den Kopf.

Doch Michael blieb bei seiner Meinung, wollte sich aber nicht weiter streiten, denn das erste Vorbereitungsspiel stand bevor. Die James-Connolly-Schule wollte unbedingt gewinnen, um sich für die weiteren zwei Qualifikationsspiele eine gute Ausgangsposition zu sichern.

Linh fand Jamies Verhalten und das der anderen Jungs auf dem Streetballplatz zwar auch sehr eigenartig, aber in der Schule konnte man Jamie eigentlich nichts vorwerfen. Er war nett, fügte sich problemlos in den Schulalltag ein, erwies sich außer im Basketball auch in vielen anderen Sportarten als durchaus talentiert. Aber das waren eigentlich alle, sonst würden sie ja nicht auf diese Schule mit dem Schwerpunkt Sport gehen. Jamie war lediglich verschlossener als die meisten anderen Schüler. Nicht, dass er still in der Ecke gestanden hätte, nein, er beteiligte sich an allen möglichen Aktivitäten. Nur, wenn man ihm persönliche Fragen stellte, zog Jamie sich sofort zurück, wich aus und kam einfach auf ein anderes Thema zu sprechen.

»Der mag halt nicht über sich reden«, stellte Linh fest. Und damit wäre die Sache für sie auch in Ordnung gewesen, wenn sie diese seltsame Fluchtaktion auf dem Streetballplatz nicht mit eigenen Augen beobachtet hätte. Es blieb ein Rätsel: Vor was waren die Jungs weggelaufen?

Ilka jedenfalls hatte es aufgegeben, Jamie auf irgendeine Art und Weise näherzukommen. Außerdem war sie noch beleidigt, dass keiner sie angespielt hatte, auch Jamie nicht. Als sie Jamie darauf angesprochen hatte, hatte er nur geantwortet: »War mir gar nicht aufgefallen.«

Ilka hielt das für eine eindeutige Lüge. Ausgerechnet Jamie, der in der Schulmannschaft durch seine Übersicht glänzte und echte Spielmacher-Qualitäten zeigte, wollte das übersehen haben? Lachhaft! Ein Grund mehr für Ilka, beleidigt zu sein: erst nicht anspielen und dann auch noch lügen!

Trotzdem saß Ilka natürlich zusammen mit Linh unter den Zuschauern, um die Jungs auf dem Spielfeld anzufeuern. Das erste Spiel war ein Heimspiel

und fand in der schuleigenen großen Sporthalle statt, die sogar eine eigene kleine Tribüne besaß.

In der ersten Formation spielte Lennart als Spielmacher, in der zweiten Jamie. In Lennarts Formation stand auch Michael, der aufgrund seiner Körpergröße und seiner Kraft hauptsächlich für die Blocks am Korb und Rebounds zuständig war. Jabali spielte in Jamies Formation. Er hatte mit seiner Kondition vor allem die Aufgabe, dem gegnerischen Spielmacher auf den Füßen zu stehen. Der sollte keinen Ball bekommen, und wenn doch, ihn wenigstens nicht kontrolliert abspielen können. Auf diese Weise sollte jede taktische Maßnahme des Gegners von vornherein unterbunden werden.

Der Anpfiff ertönte. Linh und Ilka feuerten gemeinsam mit den anderen Schülern der James-Connolly-Schule ihre Mannschaft an. Zwischendurch sah Ilka sich immer mal wieder um. Von Jamies Freunden war niemand zu sehen.

Es war zwar nur das erste Qualifikationsspiel, ein Sieg bedeutete also noch nicht allzu viel und eine Niederlage war noch keine Katastrophe. Dennoch waren von allen Spielern die besten Freunde oder auch Geschwister, sogar Mütter und Väter, soweit sie Zeit hatten, zum Anfeuern gekommen. So wie Jabalis Mutter mit dem kleinen Rasul, Lennarts Eltern und Michaels Vater. Nur von Jamie schien niemand da zu sein. Keine Freunde, keine Familie. Zwar wusste Ilka nicht, wie Jamies Verwandte aussahen, aber sie hatte genau beobachtet, dass er niemandem zugewunken hatte. Und von seinen Streetballern war auch keiner da.

Jamie schien das nichts auszumachen. Wenn seine Formation dran war, wirbelte er über den Platz, spielte die Gegner nach Belieben mit seinen Dribbeltricks aus, warf einen Dreier nach dem anderen oder erzielte Punkte mit seinen spektakulären Korblegern.

Der Sieg der James-Connolly-Schule war zu keiner Zeit gefährdet. 84:50 gewannen sie das Spiel klar und überlegen. 52 von den 84 Punkten machte Jamies Formation, und von diesen 52 Punkten wiederum hatte Jamie allein 34 erzielt. Keine Frage, er war der Held des Tages und wurde von seinen Mitspielern nach dem Schlusspfiff auch entsprechend gefeiert.

Michael ließ es sich nicht nehmen, Jamie huckepack auf einer Ehrenrunde durch die Halle zu tra-

gen. Und Frau Kick lud die gesamte Mannschaft zu einer Runde Limonade ein. Und das wollte bei Frau Kick etwas heißen, da sie Limonade für überflüssiges Zuckerwasser hielt. »Ausnahmsweise!«, fügte sie deshalb hinzu.

Alle jubelten und folgten dieser Einladung natürlich gern. Alle, außer Jamie. Zunächst sagte er nichts, sondern lief mit den anderen in die Umkleide, zog sich dort um und ging mit ihnen vor die Tür, wo sich alle versammelt hatten, um auf Frau Kick zu warten. Erst, als sie erschien, schaute Jamie verstohlen auf seine Uhr und gab kleinlaut bekannt, dass er leider keine Zeit habe und nach Hause müsse.

Er teilte es ganz leise mit, sodass nur Lennart es hören konnte. So glaubte Jamie jedenfalls. Aber Michael bekam es ebenfalls mit und posaunte es in die Runde: »Was denn, ausgerechnet unser Held des Tages will sich verkrümeln? Kommt gar nicht infrage!«

Michael erntete allgemeine Zustimmung.

Jamie wiederholte kleinlaut, dass er nach Hause müsse, aber Michael übertönte ihn: »Ach komm schon, so wichtig kann es gar nicht sein, dass du deinen Triumph nicht feiern kannst.«

»Genau!«, stimmten die anderen zu. Unter lautem Gejohle, Beifall und rhythmischen »Ja-mie, Ja-mie«-Rufen zerrten sie ihren neuen Spielmacher mit in die Pausenhalle, wo die improvisierte Feier stattfand. Natürlich waren nicht nur die Spieler selbst, sondern auch alle Freunde, Eltern und anderen Unterstützer eingeladen. So entstand in der Pausenhalle ein großes spontanes Fest.

Lennart drängte sich zu Jamie durch, der wegen seines grandiosen Spiels von allen umringt und beglückwünscht wurde. Jamie schien das gar nicht recht zu sein. Er wirkte nervös und hörte kaum hin. Wenn man mit ihm sprach, schaute er unentwegt auf die Uhr und versuchte mehrfach vergeblich, sich unauffällig hinauszustehlen. Da er aber im Mittelpunkt des Festes stand, gelang ihm das natürlich nicht.

Lennart zwängte sich zu ihm durch, legte ihm einen Arm um die Schultern und gratulierte Jamie nochmals zu seiner Leistung. »Das ist ja ein toller Einstand in die neue Schule.«

Jamie nickte bloß: »Hmmm.«

Lennart schaute sich um. »Schade, dass deine Eltern nicht da sind. Müssen die arbeiten?«

Erneutes Nicken mit dem kurzen Brummen: »Hmmm.«

»Was ist los mit dir?«, versuchte Lennart erneut, Jamie ein wenig aus der Reserve zu locken.

»Nichts!«, versicherte Jamie. Und schaute auf die Uhr.

Ilka stand etwas abseits am Fenster. Als ihr Blick nach draußen fiel, sah sie einige von Jamies Streetballern vor dem Schultor herumlungern. Sie tippte Linh an und suchte dann Blickkontakt mit Lennart. Als er sie bemerkte, deutete Ilka mit einem Kopfnicken zum Fenster. Lennart schaute hinaus und sah die Jungs nun auch. Er gab Ilka ein Zeichen, dass er verstanden hatte.

»Sag mal«, begann Lennart wieder mit Jamie zu reden. »Ilka hat mir erzählt, dass du manchmal Streetball spielst. Meinst du, ich könnte da mal mitmachen? Interessiert mich schon lange.«

Jamie reagierte erschrocken, doch fasste sich sofort wieder. »Vielleicht«, antwortete er unbestimmt und zuckte mit den Schultern.

»Wann trefft ihr euch denn immer?«, fragte Lennart.

»Ich sag dir Bescheid«, wich Jamie aus, entwand

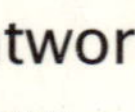

sich Lennarts Befragung und verschwand in der Menge seiner Mitschüler, wo neue Glückwünsche auf ihn einprasselten.

Michael erfuhr von Ilka, wer da draußen vor der Tür ganz offensichtlich auf Jamie wartete. Ohne lange zu überlegen, ging er hinaus, direkt zu den Streetballern.

»Hi!«, rief Michael. »Ihr seid Kumpels von Jamie, oder? Kommt doch rein! Wir feiern ihn gerade. Habt ihr sein Spiel gesehen? Sensationell!«

Die Jungs warfen sich untereinander Blicke zu und schwiegen. Nur einer ergriff das Wort. Er war ungefähr zwei Jahre älter als er selbst, schätzte Michael. Ein recht athletischer Typ. Nicht so ein Muskelpaket wie Michael, aber doch durchtrainiert. Michael schaute sich auch die anderen an. Es schien eine ähnlich international bunt gemischte Gruppe zu sein wie die Fünf Asse. Jamie kam aus Kanada, zu der Gruppe gehörten noch ein Schwarzer und ein Asiate, ein Chinese vermutlich. Die anderen konnte Michael nicht einordnen, obwohl er bei einem auf Russe und einem weiteren auf Türke getippt hätte.

»Wer bist du denn?«, fragte der Athletische und

baute sich zu voller Größe vor Michael auf. Beinahe bedrohlich. Doch Michael zeigte nicht die geringste Furcht. Er zuckte nicht einmal.

»Michael!«, antwortete Michael. »Ich bin in Jamies neuer Schulklasse.«

»Sag Jamie, wir warten!«, verlangte der Junge.

»Von wem soll ich ihm das sagen?«, fragte Michael.

Der Junge zögerte einen Moment. Mit Michaels forscher Gegenfrage hatte er nicht gerechnet. Offenbar überlegte er, ob er seinen Namen preisgeben sollte. Schließlich antwortete er: »Snake!«

Michael hustete und wiederholte: »Snake?« Als Amerikaner verstand Michael natürlich sofort. »Warum nennst du dich *Schlange*? Spielst du so falsch?«

»So wendig!«, stellte Snake klar.

»Okay!« Das akzeptierte Michael. »Und warum kommt ihr nicht mit rein, um Jamies Erfolg zu feiern?«

»Weil wir hier warten!« Für Snake war die Unterhaltung damit beendet.

Michael ging zurück in die Pausenhalle. Jamies Streetballer hatten wirklich etwas Eigenartiges, musste er zugeben. Insofern hatten Ilka und Linh vielleicht doch recht. Michael überlegte, ob er Jamie wirklich Bescheid geben sollte. Aber wieso sollte er den Laufburschen für die Jungs spielen? Wenn sie Jamie treffen wollten, sollten sie gefälligst selbst reinkommen und es ihm sagen. Was hatte er damit zu tun?

Bis Michael die Tür erreichte, hatte er eine Entscheidung getroffen. Er würde Jamie nichts davon sagen, dass seine Kumpels draußen warteten, sondern lieber weiter mit ihm und den anderen feiern.

Als Michael eine halbe Stunde später noch einmal hinausschaute, waren die Jungs verschwunden.

Spiel

Den Rest des Nachmittags und Abends verlor niemand mehr ein Wort über Jamies eigenartige Freunde. Und auch in den darauffolgenden Tagen nicht. Im Gegenteil: Jamie wirkte aufgeschlossener, gelassener, fröhlicher. Nicht, dass er mit einem Mal viel von sich preisgegeben hätte. Aber alles in allem benahm er sich nicht mehr so geheimnisvoll. Einmal hatte er sich sogar mit den Fünf Assen nach der Schule getroffen, um mit ihnen gemeinsam eine von Jabalis neuen Eiskreationen zu probieren. Ein Marzipan-Mango-Eis! Wie immer meckerte nur Michael über die Geschmackskombination und Jamie »opferte« sich gern und aß ein zweites. Auch im Training machte sich Jamies positive Veränderung bemerkbar. Mehr und mehr riss er die Leitung des Teams an sich und positionierte sie sogar um.

»Michael ist wirklich gut im Rebound«, gab er zu.

Michael lächelte ihm schon geschmeichelt zu.

»Aber leider gingen auch drei Goaltendings auf sein Konto. Das allein waren sechs Punkte für die Gegner.«

»Goal ... was?«, fragte Jabali nach. »Was ist das denn?«

Jamie schüttelte den Kopf. Seine Mitspieler nahmen an einem Basketballturnier teil und kannten noch nicht mal die Grundbegriffe.

Lennart zog Jabali beiseite. »Mann, das hast du doch mitbekommen«, erinnerte er ihn. »Man darf beim Korbwurf des Gegners den Ball nur vom Korb wegfischen, solange er noch aufsteigt, nicht, wenn er schon wieder runterfällt.«

»Hä?«, fragte Jabali.

Lennart streckte langsam seine Hand in die Höhe. »Auf-wärts«, erklärte er, stoppte die Hand. »Wendepunkt.« Und senkte seine Hand in einem Bogen wieder. »Ab-wärts. Richtung Korb. Ab jetzt darfst du ihn nicht mehr abfangen. Sonst bekommen die Gegner die zwei Punkte, die es bei einem Treffer gegeben hätte. Egal ob der Ball wirklich getroffen hätte.«

»Genau!«, bestätigte Jamie.

»Ach, die wären sowieso reingegangen!«, behauptete Michael.

»Oder auch nicht«, widersprach Jamie. »Du bist zu ungeduldig, wartest die Rebounds nicht ab.«

»Pah!«, maulte Michael. »Und was soll ich deiner Meinung nach sonst machen?«

»Den Spielmacher der Gegner kaltstellen«, antwortete Jamie. »Wir müssen sehen, ob ihr wichtigster Mann der Aufbauspieler ist oder der Vorcenter, der die Bälle verteilt. Einen von beiden schnappst du dir, bis er entnervt duschen geht.«

Michael grinste. Das war eine Aufgabe, die ihm gefiel.

»Und ich?«, fragte Jabali. »Bleibe ich am Flügel? Da bin ich halb verhungert. Nie spielte mich einer an.«

»Stimmt!«, pflichtete ihm Jamie bei. »Ich habe dich wirklich oft übersehen.«

Mitten im Satz warf Jamie Jabali mit einer blitzartigen Bewegung den Ball, den er die ganze Zeit unter dem Arm gehalten hatte, an den Kopf. Gerade noch so eben konnte Jabali in einer Reflexbewegung den Kopf wegziehen.

»Ey!«, beschwerte sich Jabali. »Bist du blöde? Was soll das?«

»Mit deinem Reflex gehst du dem Ball aus dem Weg, statt ihn zu fangen. Das ist dein Problem«, analysierte Jamie. »Deshalb hab ich dich nie überraschend angespielt. Du lässt dich nämlich von mir mehr täuschen als unsere Gegner. Der Gegner soll nicht damit rechnen, dass ich dich anspiele. Aber du rechnest auch nicht damit. Wir müssen noch üben, dass du dich besser auf mich einstellst.«

»Ah!« Ein breites Grinsen der Erkenntnis zog über Jabalis Gesicht.

»So machen wir's!« Lennart war sehr zufrieden. Zwar hatte er bislang die Chefrolle innegehabt. Aber es machte ihm nicht das Geringste aus, sie an Jamie abzutreten. Er freute sich nur, wie viel er von Jamie lernte. »Jungs, die nächsten Pappenheimer machen wir platt!«

»Die kommen aus Pappenheim?«, fragte Jabali. »Wo liegt das denn?«

Lennart lachte. »Mensch, Pappenheimer, das sagt man so. So wie Deppen, Dumpfnüsse, Blindfische. In Wirklichkeit kommen die ... woher?«

»Ruhrgebiet«, teilte Frau Kick mit, die gerade in die Halle kam. »Hagen liegt im Ruhrgebiet. Daher kommt unser nächster Gegner.«

Zwei Tage später mussten Jamies Ideen sich beweisen. Das zweite Qualifikationsspiel wurde angepfiffen.

Wieder hatte die James-Connolly-Schule Glück gehabt und war als Heimmannschaft ausgelost worden. Und wieder waren alle Freunde und Verwandte der Spieler zugegen, außer Jamies.

Nur die Mannschaftsaufstellung war diesmal komplett anders als im ersten Spiel. Jamie und Lennart wechselten sich nicht ab, sondern spielten gleichzeitig von Beginn an. Jamie als Aufbauspieler im Center, Lennart als Vorcenter zum Verteilen der Bälle. Ebenso spielten Michael und Jabali in der Anfangsformation. Jabali auf dem Flügel, Michael als vorderer Verteidiger. Der fünfte in der ersten Auswahl war Cem.

Und ein weiterer Unterschied machte nicht nur Linh und Ilka auf der Tribüne zu schaffen, als sie es sahen, sondern auch die Jungs unten auf dem Feld nervös. Die Gegner waren im Schnitt gut zwei Jahre

älter als die eigene Mannschaft. Eine Folge der blöden Alterseinteilung. Entsprechend waren die Gegner auch locker einen Kopf größer und entsprechend kräftiger.

Jabali traute seinen Augen nicht. »Ich denke, die kommen aus Hagen? Mir scheint, die stammen eher aus dem Riesen-Gebirge.«

»Riesengebirge?«, fragte Lennart nach.

»Oder einer anderen Gegend, in der nur Riesen wachsen«, ergänzte Jabali. »Da muss ich ja schon hochspringen, um überhaupt an deren Nasenspitze anzukommen.«

»Was willst du denn an deren Nasenspitze?«, lachte Jamie. Er zeigte als Einziger keinerlei Nervosität. Das hatte seinen Grund: Bei den Streetballern war Jamie auch der Jüngste und Kleinste. Und trotzdem schaffte er es, sich im Spiel durchzusetzen. Er war es also gewohnt, die mangelnde Größe durch andere Fähigkeiten auszugleichen.

»Und wie gleicht man das aus?«, fragte Jabali.

»Genau durch das, was wir noch extra trainiert haben«, erklärte Jamie. »Schnelligkeit und Überraschungen.«

Die Hagener ließen es ruhig angehen. Sie waren

sich ihres Sieges gewiss. Doch diese Rechnung ging nicht auf. Jamie, Lennart, Jabali, Michael und Cem konzentrierten sich von der ersten Sekunde an. Anders als es üblich war, begannen sie nicht gleich mit Raumdeckung, um ihren Korb kreisförmig an der Drei-Punkte-Linie vor den Angreifern zu schützen. Sie ließen die Gegner gar nicht erst kommen, sondern stürmten wie wild gewordene Stiere auf die Hagener los. Und zwar jeder auf seinen direkten Gegenspieler. Manndeckung, von Anfang an. Das war für ein Basketballspiel vollkommen ungewöhnlich, fast schon anfängerhaft dumm. Aber nicht, wenn man dieses Mittel gezielt einsetzte. Überraschung!, hatte Jamie als Parole ausgegeben. Und so eröffneten sie das Spiel. Fast wie auf dem Streetballplatz, auf dem oft nur auf einen einzigen Korb gespielt wurde und deshalb die Situation Mann gegen Mann zum normalen Spielverlauf gehörte. Das trainierte die Dribblings und den Zweikampf ungeheuer. Jamie raste also auf den ballführenden Gegner los, der so überrascht von Jamies Angriff war, dass er nicht mal mehr zu einem Dribbling kam. Er machte drei Schritte und hielt den Ball dann fest in seinen

Händen. Nun durfte er keinen weiteren Schritt mehr machen. Aber alle seine Mitspieler waren gedeckt. Er wusste einfach nicht, was er jetzt tun sollte. Schaute. Drehte sich, schaute, drehte sich. Aber keiner seiner Teamkollegen konnte sich aus der engen Deckung befreien. Und Michael hinderte ihn am Wurf. Dann kam der Pfiff: Acht Sekunden waren um, damit das Zeitlimit überschritten, also Ballbesitz für Jamie. Der nahm den Ball, spielte ihn sofort weiter zu Lennart, der sich sogleich von seinem Gegner gelöst hatte. Lennart dribbelte sich allein vor, lief auf den mittleren Verteidiger zu, gab den Ball per Rückhandwurf weiter an Jamie, der nun ins Center hineinlief, nach links zu Cem schaute, diesen auch rief, dabei aber scharf nach rechts zu Jabali spielte. Der ließ sich diesmal nicht überraschen, sondern war auf diese Körpertäuschung vorbereitet, fing den Ball, stieg hoch, wollte scheinbar auf den Korb werfen. Aber stattdessen gab er den Ball noch mal zurück zu Lennart, der ihn aus der Luft fischte und im Korb ablegte. 2:0 für die James-Connolly-Schule!

Linh und Ilka sprangen auf.

»Was für ein Spielzug!«, schwärmte Ilka. »Super-

klasse!« Sie klatschten Beifall, genau wie ihre Mitschüler, die die Mannschaft wieder zahlreich unterstützten.

Bei den Hagenern ging sofort der Streit los. Obwohl ein 0:2 im Basketball gar nichts bedeutete, fingen sie gleich an, sich gegenseitig Vorwürfe zu machen. Diese Uneinigkeit und Unkonzentriertheit galt es zu nutzen. Schon das zweite Zuspiel unter den Gegnern war zu ungenau. Lennart preschte in die Flugbahn des Balles, schnappte sich den Ball, und sauste los.

Erst bei 8:0 wachten die Hagener allmählich auf und fanden halbwegs ins Spiel. Doch der Vorsprung vom Anfang war zu groß, um ihn noch aufzuholen. Am Ende gewann das Team der James-Connolly-Schule mit 70:56. Ein klarer Sieg.

Linh und Ilka jubelten.

»Wenn die Grünheimer heute verloren haben, dann sind wir für die Finalrunde qualifiziert!«, freute sich Ilka.

Doch den Gefallen taten die Grünheimer ihnen nicht. Auch sie gewannen zum zweiten Mal. Somit würde das Spiel gegen die Grünheimer zum Endspiel werden. Wer siegte, zog in die Finalrunde ein.

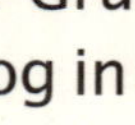

»Da darf auf keinen Fall etwas schiefgehen!«, beschwor Michael die Mannschaft gleich nach dem Spiel.

Doch das nützte nichts. Es ging mehr schief, als Michael sich in diesem Augenblick ausmalen konnte.

Wo steckt Jamie?

Die Vorbereitungen für das Spiel gegen die Grünheimer liefen auf Hochtouren. Es war nicht irgendein Spiel. Es ging nicht nur um die Qualifikation für die Endrunde. Es ging um das Ansehen der Schule. Gegen jeden der Welt konnte man verlieren, aber niemals gegen die Grünheimer, die ewigen Konkurrenten. Es war ein Lokalderby: wie wenn im Fußball Dortmund gegen Schalke spielte oder Bayern gegen 1860 München. Nur noch wichtiger. So jedenfalls sah Michael es. Aber auch die anderen hätten es als große Schmach empfunden, ausgerechnet gegen die Grünheimer zu verlieren.

Doch die hatten traditionell gute Basketballspieler. In der James-Connolly-Schule war normalerweise das Gegenteil der Fall. Niemand wusste, warum. Es war einfach so. Der letzte Sieg im Basketball gegen die Grünheimer lag Jahre zurück. Aber in

diesem Jahr konnte es gelingen. Musste es gelingen. Deshalb wollte die Mannschaft in den verbleibenden fünf Tagen bis zum Spiel täglich trainieren. Wollte! Im Moment stand die Mannschaft in der Sporthalle – und wartete. Auf Jamie.

Natürlich hatten sie schon mit einem leichten Aufwärmtraining begonnen, probierten ein paar Dribblings und Dreier-Korbwürfe. Aber dennoch vermissten sie Jamie. Alle Nase lang blieben Lennart oder Michael oder Jabali stehen, um auf die Uhr zu sehen.

»Das gibt es doch nicht!«, wunderte sich Lennart. »Der hätte doch wenigstens mal anrufen können.«

»Gutes Stichwort«, fand Jabali. »Warum rufen nicht wir ihn an?«

»Weil niemand die Nummer hat«, antwortete Lennart. »Wir haben einfach vergessen, sie uns geben zu lassen. Kann doch keiner damit rechnen, dass er vor einem so wichtigen Spiel einfach das Training schwänzt.«

Michael sah hinüber zu Ilka, die mit Linh am Hallenrand stand, und fragte sie.

»Klar hab ich die Nummer«, antwortete Ilka.

 »Wenn er schon immer wegläuft, kann man ihn wenigstens mal anrufen. Dachte ich.«

Michael sah sie fragend an.

»Na ja«, berichtete Ilka enttäuscht, »meistens geht er nicht ran. Reagiert nicht mal auf SMS.«

»Versuch es doch mal«, bat Michael.

Ilka wählte die Nummer und stellte kurz darauf wieder einmal fest: »Ausgestellt. Nur Mailbox.«

»Hast du auch seine Festnetznummer?«, fragte Jabali. »Vielleicht ist er krank und liegt zu Hause im Bett?«

Ilka schüttelte den Kopf. »Ich weiß nicht mal, wo er wohnt.«

Jabali schlug vor, nach ihm zu suchen. Vielleicht spielte er ja wieder Streetball mit seinen Jungs und hatte das Training vergessen. Linh und Ilka wussten ja, wo der Streetballplatz war.

Michael und Jabali fanden das eine gute Idee.

Doch Ilka gab zu bedenken: »Wenn wir allein gehen, dann denkt er gleich wieder, ich will was von ihm. Und dann rennt er wieder weg. Einer von euch müsste mitkommen. Als Abgesandter der Mannschaft sozusagen.«

Die Jungs überlegten.

»Dann fehlt noch einer mehr beim Training«, wandte Michael ein. »Das ist doch blöd.«

Doch Lennart fand Ilkas Bedenken überzeugend. Es genügte nicht, die Mädchen zu schicken. Einer aus der Mannschaft musste Jamie finden und mit ihm reden. Ihm deutlich machen, wie wichtig das Training war und vor allem, dass man sich im Team aufeinander verlassen können musste.

»Ich gehe mit«, entschied er deshalb.

Michael und Jabali waren einverstanden und so machte Lennart sich mit Linh und Ilka auf die Suche nach Jamie.

Tatsächlich fanden sie ihn auf dem Streetballplatz. Allerdings spielten die Jungs dort nicht, sondern standen in einem kleinen Pulk zusammen und diskutierten irgendetwas.

Lennart wollte Jamie gerade rufen, als Ilka ihn zurückhielt. »Da stimmt was nicht.«

Lennart wusste nicht, was sie meinte. Daher erklärte Ilka ihm, dass die Gruppe auffällig klein war. Normalerweise waren sie zu acht und spielten vier gegen vier. Jetzt aber standen nur vier auf dem Platz.

Lennart zuckte mit den Schultern. »Und wenn schon, die anderen kommen bestimmt gleich. Aber ich will wissen, wieso Jamie unser Training vergessen hat!«

Er ging weiter auf den Platz zu.

»Warte doch mal!«, beschwor Ilka ihn. Und wandte sich dann an Linh: »Findest du das nicht auch seltsam, Linh?«

Linh fiel allerdings nichts auf. »Wir wissen doch gar nicht, ob sie immer zu acht sind«, wandte sie ein. »Wir haben sie erst einmal gesehen.«

»Aber die machen nicht den Eindruck, als würden sie gleich spielen wollen. Sieht eher so aus, als ob Jamie in Schwierigkeiten steckt.«

Lennart schaute nun genau hin. Und auch Linh bemerkte jetzt, dass die vier nicht einfach so zusammenstanden. Drei Jungs umringten Jamie und redeten auf ihn ein. Dabei stießen sie ihn immer wieder an, sodass Jamie zwei, drei Schritte zurückstolperte.

Jamie wehrte sich, aber nur zaghaft. Eher schien er sich für irgendetwas zu rechtfertigen. Immer wieder sagte er etwas, breitete unschuldig die Arme aus und zuckte mit den Schultern.

»Die wollen was von ihm!«, glaubte Ilka.

»Dann sollten wir ihn nicht alleinlassen«, entschied Lennart. »Kommt, wir gehen hin. Dann werden wir ja sehen, was passiert.«

Lennart, Ilka und Linh traten durch die Tür im Zaun. Doch in dem Moment rannten die drei und Jamie auf sie zu.

Lennart dachte erst, sie wollten sie begrüßen, und hob schon seine Hand, um den Gruß zu erwidern. Doch dann erkannte er, wie sehr er sich getäuscht hatte. Der Erste aus der Gruppe rannte direkt auf ihn zu, stieß ihn brutal zur Seite, tat dasselbe mit Linh und Ilka. Lennart rutschte aus und kippte zur Seite, Ilka stolperte zurück, bis sie rückwärts umfiel. Nur Linhs Reflexe, tausendfach in verschiedenen Kampfsportarten geschult, funktionierten. Instinktiv reagierte sie, duckte sich seitlich weg, ließ ihr Bein ausfahren, erwischte das Schienbein des Angreifers, drehte sich blitzartig um ihn herum und verpasste dem Jungen einen Stoß in den Rücken. Er fiel über ihr Bein, schlug unter einem lauten Schrei auf den Platz und krachte gegen den Zaun. Die anderen umliefen die Kämpfenden oder sprangen

hinüber und verschwanden durch die Tür im Zaun. Jamie blieb kurz stehen und schaute entsetzt auf seinen Kumpel, den Linh zur Strecke gebracht hatte. Linh stürzte sich sofort auf den am Boden Liegenden und verdrehte ihm den Arm nach hinten. Sie bekam nicht mit, wie plötzlich zwei erwachsene Männer in der Tür auftauchten und rumbrüllten: »Halt! Polizei! Sofort an den Zaun!«

Einer der beiden schnappte sich Jamie, warf ihn gegen das Gitter, und ehe Jamie begriff, was hier los war, war seine rechte Hand schon mit einer Handschelle am Zaun befestigt.

»Ey!«, beschwerte er sich. »Was soll das?«

Der zweite Polizist kümmerte sich um den anderen Streetballer und tat mit ihm das Gleiche, was sein Kollege mit Jamie gemacht hatte.

Lennart erging es nicht besser. Während er sich aufrappelte, zog ihn der erste Polizist am Kragen hoch, schleuderte ihn gegen den Zaun und befestigte ihn an der zweiten Handschelle von Jamie. Noch ehe eins der Kinder bis fünf hätte zählen können, hingen sie alle am Zaun.

»Was soll das?«, schimpfte Ilka. »Wir sind Kinder! Lassen Sie das!«

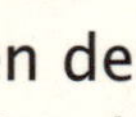

»Ha! Kinder«, lachte der eine Polizist. »Aber zum Klauen seid ihr alt genug, oder wie?«

»Hä?«, fragte Linh. »Wir haben doch nichts geklaut!«

»Das werden wir sehen«, antwortete der Polizist. »Auf der Wache.«

Auf der Wache

Lennart hatte Angst. Noch nie hatte er auf einer Polizeiwache gesessen. Zumindest nicht als Angeklagter. Genau das aber war er.

Die beiden Polizisten hatten sie hier hingeschleppt und Lennart, Linh, Ilka, Jamie und Jamies Kumpel mit den Worten übergeben: »Das sind die gesuchten Ladendiebe vom Elektronikmarkt.«

Ladendiebe?

Lennart hatte sofort protestieren wollen. Genauso wie Ilka und Linh. Aber man ließ sie gar nicht zu Wort kommen, sondern verfrachtete sie stattdessen einzeln in verschiedene Räume, wo sie jetzt verhört wurden.

Der Polizist, der Lennart gegenüber hinterm Schreibtisch saß, hatte bereits dessen Namen und Adresse mit einer Schreibmaschine auf Durchschlagpapier getippt. So etwas hatte Lennart noch nie gesehen. Er dachte immer, auch bei der Polizei würde alles in Computer eingegeben. Aber eine andere Sache beschäftigte ihn noch viel mehr. Und deswegen fragte er jetzt: »Müssen Sie nicht meine Eltern informieren? Dann wird sich alles aufklären!«

»Später«, brummte der Polizist. »Erst mal schreibe ich die Anzeige. Dann können deine Eltern dich hier abholen.«

»Anzeige?«, empörte sich Lennart. »Ich bekomme eine Anzeige, ohne dass sie mich befragt haben? Ich habe doch gar nichts getan! Ich war beim Basketballtraining in meiner Schule!«

»Es gibt Zeugen«, behauptete der Polizist.

»Wofür denn?« Lennart schrie es fast. Tränen traten ihm in die Augen.

»Wir haben eure Bande schon lange im Auge!«

»Bande?«, wiederholte Lennart. »Was denn für eine Bande?« Und dann begriff er. Jamies Streetballer! »Aber da gehöre ich doch gar nicht dazu!«

»Natürlich nicht!« Der Polizist schenkte ihm ein mildes Lächeln, das so viel heißen sollte wie: Für wie blöd hältst du uns? Wir wissen Bescheid, was du für einer bist!

»Sie müssen mir glauben!«, beschwor Lennart den Polizisten.

»Ich muss gar nichts!«, entgegnete der.

»Aber Ilka und Linh werden Ihnen dasselbe sagen«, beteuerte Lennart weiter. »Wir sind alle auf der James-Connolly-Schule. Sie haben mich vom Training abgeholt, um Jamie zu suchen. Unser bester Basketballspieler. Wir wussten, dass er öfter hier spielt, und dann kamen plötzlich Sie. Ich gehöre zu den Fünf Assen, aber nicht zu diesen Streetballern.«

»Zu wem?«, fragte der Polizist.

Bevor Lennart antworten konnte, öffnete sich die Tür und ein weiterer Polizist in Uniform schaute herein. »Hast du etwas gefunden?«, fragte er.

Sein Kollege schüttelte den Kopf. »Nein, ihr?«

»Nein, bei keinem!«

Die beiden nickten sich zu. Der zweite Polizist zog sich wieder zurück und schloss die Tür von außen.

»Wo habt ihr euer Lager?«, lautete die nächste Frage.

Lennart begriff allmählich, worum es ging. Offenbar waren Jamies Streetballer in einen Diebstahl verwickelt. Zumindest glaubte das die Polizei. Und sie glaubte auch, dass Lennart, Ilka und Linh dazugehörten. Seine Beteuerungen, mit den Streetballern nichts zu tun zu haben, wurden ignoriert. Daher fragte Lennart einfach nur zurück: »Was für ein Lager?«

»Für euer Diebesgut!«, bölkte der Polizist los. »Tu doch nicht so! Irgendwo müsst ihr das Zeugs aus dem Einbruch ja gelagert haben. So schnell könnt ihr das gar nicht verkaufen. Ich lasse dich nicht eher gehen, bis du ausgepackt hast!«

Lennart zuckte zusammen. Einbruch! Bis eben hatte Lennart geglaubt, es handle sich um einen Ladendiebstahl oder so etwas. Das wäre schon schlimm genug gewesen. Aber offenbar ging es um einen Einbruch! Ein Einbruch war noch mal ein ganz anderes Kaliber. Den musste man planen und vorbereiten. Lennart bemerkte gar nicht, wie er ein Stückchen in sich zusammensackte. Dem Polizisten allerdings war das nicht entgangen. Triumphierend erhob er sich von seinem Stuhl, ging um Lennart herum, beugte sich von hinten zu ihm hinunter und flüsterte ihm ins Ohr: »Es hat doch keinen Sinn. Sag lieber alles, was du weißt. Dann machst du es dir auch leichter.«

Lennart drehte sich zu dem Mann um, sah ihm

in die Augen und versicherte ihm: »Ich weiß aber nichts!«

Der Polizist fluchte leise vor sich hin, stieß kurz, aber hart mit der Handfläche gegen die Stuhllehne und zischte: »Wie du willst, Bürschchen!«

In was sind wir da nur hineingeraten?, fragte sich Lennart. Ob der Verdacht der Polizei stimmte? Verübten Jamies Freunde Einbrüche? Und wenn, wusste Jamie davon? Hatte er vielleicht sogar mitgemacht? War ihr bester Spieler ein Einbrecher?

Lennart hoffte, dass ihn seine Eltern schon bald von der Wache abholen würden. Er hatte ein reines Gewissen. Irgendwie musste sich einfach aufklären, dass er ebenso wenig wie Ilka und Linh etwas mit den Einbrüchen zu tun hatte. Sorgen tat er sich vor allem um Jamie. Und um ihre Mannschaft. Was war, wenn Jamie sich als Einbrecher entpuppen würde? Wie sollten sie sich ihm gegenüber dann verhalten? Würde er von der Schule fliegen? Oder nur aus der Mannschaft geworfen? Beides empfand Lennart als Katastrophe. Lennart nahm sich vor, gemeinsam mit seinen Freunden herauszubekommen, was mit Jamie los war.

Er musste noch eine halbe Stunde warten. Dann

kamen endlich seine Eltern. Natürlich waren sie sehr bestürzt, Lennart von der Polizei abholen zu müssen. Und noch bestürzter, als sie erfuhren, was ihm zur Last gelegt wurde. Doch schnell wurde ihnen klar, dass weder gegen Lennart noch gegen Linh, Ilka – und nicht mal gegen Jamie – irgendetwas vorlag als die reine Behauptung.

Nachdem Lennart seinen Eltern zu Hause die ganze Geschichte erzählt hatte, begannen auch sie, sich Gedanken um Jamie zu machen. Zunächst einmal aber wollten sie die Ermittlungen der Polizei abwarten. Lennart stimmte ihnen zu, sah die Sache insgeheim aber völlig anders. Er wollte Klarheit. Was war mit ihrem Spielmacher los?

Jamie auf der Spur

Linh und Ilka sahen die Sache genau wie Lennart. Sie saßen nebeneinander auf dem Tisch im Klassenraum, warteten auf Frau Kick und berichteten den anderen, wie es ihnen auf der Wache ergangen war. Auch sie hatten erst während ihrer Befragung durch die Polizei begriffen, weshalb Jamie sich so oft so merkwürdig benommen hatte. Wieso er so wenig über sich erzählt hatte. Und weswegen sich Jamie so häufig zurückgezogen hat.

»Jamie, ein Einbrecher?« Irgendwie konnte Ilka es sich nicht vorstellen. Gleichzeitig war sie fest davon überzeugt. Nur so ergab Jamies Verhalten plötzlich einen Sinn.

»Am besten wir fragen ihn selbst«, schlug Linh vor. Aber das ging schlecht. Jamie war noch nicht da.

Michael sah auf die Uhr. »Jedenfalls schnappe ich ihn mir sowieso. Er hat unser Training sausen lassen. Was ist denn das für ein Teamgeist?«

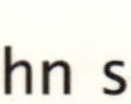

Jabali bot sich an, draußen auf dem Hof nach Jamie zu schauen, kam aber kurz darauf wieder herein. Denn Frau Kick betrat den Klassenraum und der Unterricht begann – ohne Jamie.

Linh und Ilka tuschelten, ob sie Frau Kick etwas über den Vorfall erzählen sollten. Sie kamen zum Schluss, damit erst noch mal zu warten. Ein Blick verriet, dass die anderen Asse dasselbe dachten.

Frau Kick schaute sich in der Klasse um und fragte, ob jemand etwas von Jamie gehört hätte. Als sich niemand meldete, trug sie nur sein Fehlen ins Klassenbuch ein und begann mit dem Unterricht.

Für die Fünf Asse stand fest: Sofort nach Schulschluss wollten sie zum Streetballplatz laufen und nachschauen, ob Jamie dort war. Linh fiel ein, dass sie noch immer nicht wussten, wo Jamie wohnte und sie sich von Frau Kick die Adresse geben lassen mussten.

Direkt nach Schulschluss machten sich die fünf auf den Weg. Nachdem auf dem Streetballplatz niemand war, wollten sie Jamie zu Hause besuchen und fragen, weshalb er am Morgen nicht in die Schule gekommen war.

Der Häuserblock, zu dem die Adresse führte, lag nur fünf Minuten hinter dem Streetballplatz, aber Linh hatte das Gefühl, dass der Platz auf einer Grenze lag und sie nun eine andere Welt betrat. Eine Welt aus grauen Betonwänden, von denen kaum eine vom Graffiti verschont geblieben war. Dreckige Wege voller Glasscherben und Abfall, herausgerissene, überfüllte Papierkörbe neben Mülltonnen, die mehrfach mit Schlössern gesichert und hinter eisernen Gittern weggesperrt waren. Die hohen Häuser waren ringförmig angeordnet, sodass ein Hof mit einem Spielplatz darin entstand, auf dem aber niemand spielte. Die Schaukeln verrostet, der Sand verdreckt, die Holzhäuschen morsch und marode und überall flogen Papierfetzen, Flaschen, Tetrapaks, Plastiktüten und Verpackungen herum, bis in das undurchdringbare Gestrüpp, das wohl mal eine Hecke gewesen war.

Die fünf hatten sich nie zuvor in solch einem Stadtteil aufgehalten. Selbst Michael nicht. Obwohl auch seine Eltern alles andere als wohlhabend waren.

Michael schaute sich misstrauisch um. »Ich weiß nicht, wieso«, sagte er schließlich, »aber irgendwie riecht es hier nach Ärger. Dafür habe ich einfach ein Näschen.«

Ilka wiegte den Kopf hin und her. Na ja, dachte sie bei sich. Nicht selten wurde der Ärger, den Michael angeblich roch, vorher von ihm selbst verursacht. Allerdings musste sie ihm in diesem Fall zustimmen. Auch sie fühlte sich hier in dieser Gegend nicht besonders wohl.

Sie schaute noch mal auf Linhs Zettel mit der Adresse. In dieser Straße wohnte Jamie.

»Dort vorn!« Linh zeigte auf einen schmuddeligen Hauseingang.

Linh und die anderen wollten gerade hinlaufen, als Jamie herauskam.

Michael hob den Arm, um ihm zuzuwinken und ihn zu rufen. Doch Ilka hatte eine andere Idee. Sie drückte Michaels Arm hinunter.

»Lass uns doch erst mal schauen, wo er hinwill«, schlug sie vor.

Obwohl sie immer noch hoffte, dass die Polizei sich mit ihrem Verdacht irrte, kam ihr dennoch das Lager in den Sinn, von dem die Beamten gesprochen hatten: »Irgendwo müsst ihr euer Diebesgut doch lagern.«

Wenn Jamie etwas mit der Sache zu tun hatte, dann wusste er vielleicht auch etwas von dem Lager – und führte sie möglicherweise genau jetzt dorthin.

»Okay!«, stimmte Michael zu.

Jamie ging quer über den Hof. Und die Fünf Asse mussten zusehen, wo sie sich hastig verstecken konnten, um von Jamie nicht entdeckt zu werden. Lennart sprang hinter den Käfig mit den Mülltonnen. Michael legte sich flach hinter eine morsche Sitzbank. Und Linh und Ilka duckten sich hinter einen Dornenbusch, der direkt am Weg stand und an dem Jamie dicht vorbeiging. Trotzdem bemerkte er die Mädchen nicht.

Linh hingegen war etwas aufgefallen. »Hast du das auch gesehen?«, fragte sie.

Ilka nickte. Wie sollte man das übersehen? Jamies linkes Auge war dick geschwollen und blau angelaufen. Ein Veilchen wie nach einem Boxkampf.

»Und über der Augenbraue trug er ein Pflaster. Und auf der Lippe ganz dicken Schorf. Die hat vor Kurzem noch geblutet.«

»Keine Frage«, stand für Michael fest, als Jamie

ein Stück weitergegangen war und die Asse sich wieder versammelten. »Der hat aufs Maul bekommen. Aber ordentlich.«

»Aber das Schlimmste«, ergänzte Ilka, »wenn mich nicht alles täuscht, dann trug er an der rechten Hand einen Verband.«

»Was?«, quiekte Lennart entsetzt auf.

»Ja, Ilka hat recht«, bestätigte Linh. »Kein Wunder, dass er in der Schule fehlte.«

»Ach!«, winkte Lennart sorgenvoll ab. »Wen interessiert die Schule? Aber wenn das stimmt, was ihr sagt, dann kann er am Wochenende nicht spielen!«

Jabali, Michael und Lennart schauten sich entsetzt an. Ihr bester Spieler war verletzt und außer Gefecht gesetzt!

»Wenn das nicht die Grünheimer waren«, vermutete Michael sofort.

»Die Grünheimer?«, wunderte sich Ilka. Daran hatte sie überhaupt nicht gedacht.

Doch für Michael war die Sache klar: »Die haben gesehen, dass Jamie unser bester Mann ist, und wollten ihn aus dem Verkehr ziehen.«

Außer Michael konnte sich das allerdings niemand vorstellen.

»Ich befürchte eher, seine eigenen Freunde haben ihn so zugerichtet«, lautete Ilkas Theorie.

»Na, das sind ja schöne Freunde«, warf Lennart ein.

Und Michael verstand nicht, weshalb Freunde so etwas tun sollten. »Das ergibt doch keinen Sinn!«

Lennart, Ilka und Linh sahen die Sache allerdings anders.

»Wir kennen den Grund zwar nicht, aber gestern Nachmittag hatten die ganz schön Streit miteinander. Kurz bevor die Polizei kam«, sagte Lennart.

Linh und Ilka bestätigten das.

Jabali schaute in die Richtung, in die Jamie gegangen war.

»Mann!«, rief er aus. »Vor lauter Gequatsche verlieren wir noch seine Spur!«

Er hatte recht. Jamie war nirgends mehr zu sehen. Schnell rannten die fünf durch die Häuser hindurch vom Hof herunter, schauten sich auf der Straße um und sahen zum Glück noch, wie Jamie gerade um die Ecke bog. Im Sprint hetzten sie hinterher.

Doch nur zwei Minuten später bremsten sie ab.

Jamie stieg in einen Bus.

»Mist!«, fluchte Lennart. »Jetzt entwischt er uns.«

Ilka zog ihr Handy aus der Tasche. »Ich ruf ihn einfach an.«

Sie hatte Glück. Jamie nahm das Gespräch an. Ilka erzählte ihm, dass sie sich Sorgen machte, weil er nicht in der Schule gewesen war, und ihn besuchen wollte. Sie fragte, wo er jetzt sei.

»Auf dem Weg zum Arzt!«, antwortete Jamie.

Linh hing mit ihrem Ohr dicht an Ilkas Handy und hörte mit. Mit stummen Lippenbewegungen wiederholte sie, was Jamie gesagt hatte.

Für Michael klang Jamies Antwort plausibel. Vermutlich wollte Jamie sich so schnell wie möglich seinen Arm verarzten lassen, um am Wochenende beim Spiel dabei sein zu können.

Ilka allerdings traute Jamie nicht. Sie fragte nach und legte dabei als Zeichen für ihre Freunde den Zeigefinger auf den Mund. Sie sollten mal einen Moment lang still sein. Dabei schaute Ilka auf ihre Uhr.

»Okay«, sagte sie schließlich. »Sehen wir uns dann nachher?«

Bald darauf legte sie auf.

»Er will mich nicht sehen«, teilte sie mit. »Erst morgen in der Schule.«

»Okay«, fand Michael.

Doch für Ilka war überhaupt nichts okay. »Wir müssen zu ihm und sehen, was er macht.«

Michael war nicht klar, weshalb sie Jamie weiter verfolgen sollten.

»Weil er lügt«, behauptete Ilka.

Ein harter Vorwurf, doch Ilka hatte ihre Gründe: »Von seinen Verletzungen hat er nichts erzählt. Er wusste ja nicht, dass wir ihn gesehen haben.«

»Aber er will doch zum Arzt«, wandte Lennart ein.

»Zum Zahnarzt!«, berichtete Ilka. »Das hat er jedenfalls behauptet. Aber heute ist Mittwoch. Schon mal einen Zahnarzt gesehen, der Mittwochnachmittag geöffnet hat?«

Lennart überlegte. Er wusste es nicht.

Linh hingegen gab Ilka recht. »Mittwochnachmittag haben alle Ärzte zu.«

»Warum?«, wollte Jabali wissen.

Linh zuckte mit den Schultern. Das wusste sie

auch nicht. Auf jeden Fall war es so und das bewies: Jamie hatte gelogen. Aus welchem Grund?

»Aber ich weiß, wo er ausgestiegen ist«, ergänzte Ilka. Ich hab im Hintergrund die automatische Tür des Busses zischen hören. Dann hab ich deutlich gehört, wie der Bus abgefahren ist. Und ich hab eine Kirchenglocke gehört.«

Ilka zeigte den anderen ihre Uhr. »16 Uhr. Und welche Kirche ist eine Busstation von hier entfernt?«

Michael überlegte.

Lennart wusste es. »Die Jacobikirche!«

Ilka nickte. »Und die schlägt zu jeder vollen Stunde!«

»Ich glaube, ich weiß auch, weshalb er dort ausgestiegen ist«, vermutete Lennart. »Genau hinter der Kirche ist ein Elektronikmarkt.« Nur deshalb kannte Lennart die Jacobikirche. Auf dem Weg zum Elektronikmarkt war er oft daran vorbeigekommen.

Und hatten die Polizisten ihm nicht vorgeworfen, an einem Einbruch in den Elektronikmarkt beteiligt gewesen zu sein?

»Bingo!«, rief Jabali. »Gut gemacht, Ilka. Und

eine Busstation ist ja nicht weit. Da können wir bequem hinlaufen.«

Ilka lachte. »Als ob du eine solche Entfernung jemals anders als laufend zurückgelegt hättest. Also los!«

Ärger

Ilka hatte die richtige Spürnase gezeigt. Vor dem Elektronikmarkt sahen sie tatsächlich Jamie und seine Freunde wieder. Die stießen ihn jetzt zum Eingang und Jamie betrat den Laden, während die anderen draußen stehen blieben.

»Was haben die vor?«, fragte Linh. Die Art und Weise, wie die Jungs mit Jamie umgesprungen waren, ließ nichts Gutes ahnen.

»Na, einbrechen werden sie sicher nicht«, beschwichtigte Michael. »Der Laden hat ja geöffnet. Wie sollte man da einbrechen?«

Lennart schaute Michael mit hochgezogenen Augenbrauen an. »Schon mal was von einfachem Ladendiebstahl gehört, du Hirni?«

Michael schüttelte den Kopf. »Du glaubst doch nicht, dass Jamie jetzt dort reingegangen ist, um was zu klauen?«

»Ach, und wieso nicht?«, konterte Lennart.

Michael verstummte und schaute mit großen Augen auf den Elektronikmarkt. Das konnte er sich nicht vorstellen. Er konnte sich überhaupt nicht vorstellen, in einem Geschäft etwas zu stehlen. Aber schon gar nicht in einem Elektronikmarkt. »Der hängt doch voller Überwachungskameras!«, war er sich sicher. »Ich meine, wenn ein Elektronikmarkt nicht elektronisch überwacht wird, wer dann?«

Ilka sah die Sache ähnlich. »Genau deshalb haben sie Jamie losgeschickt. Wenn er erwischt wird, ist es sein Pech. Seine Kumpels sind fein raus.«

»Aber wieso tut er das?«, fragte Michael. »So blöd kann er doch gar nicht sein!«

»Denk an seine Verletzungen«, erinnerte Lennart. »Der kriegt einfach ordentlich aufs Maul, wenn er es nicht tut.«

Michael erschrak. »Das ist ja total gemein!«

Lennart stöhnte laut auf. »Na, wenigstens hast du's jetzt auch kapiert!«

»Mensch!«, ärgerte sich Linh. »Könnt ihr nicht mal aufhören zu streiten? Wollen wir hier etwa rumstehen und zuschauen, wie Jamie zum Dieb wird?«

»Vielleicht ist er sowieso schon einer«, präzisierte Jabali.

Doch Linh winkte ab. »Wie auch immer. Wenn er jetzt erwischt wird, könnt ihr ihn fürs Spiel gegen die Grünheimer auf jeden Fall vergessen!«

»Aber was willst du tun?«, fragte Lennart.

Linh beendete die Diskussion und beantwortete Lennarts Frage, indem sie einfach losging und verkündete: »Ich werde den Diebstahl verhindern!«

Sie lief auf den Eingang zu, während die anderen noch zurückblieben.

»Was hat sie vor?«, fragte Michael.

Ilka grinste. »Hat sie doch gesagt: Sie wird den Diebstahl verhindern!« Und dann folgte sie ihrer Freundin.

Die Jungs blieben verblüfft zurück.

Das Vorhaben der Mädchen erwies sich als schwieriger, als Linh es sich vorgestellt hatte. Denn bevor sie den Diebstahl verhindern konnten, mussten sie Jamie erst einmal finden.

Ilka hatte schon Schwierigkeiten, sich in solch großen Kaufhäusern zurechtzufinden, selbst wenn sie etwas Bestimmtes kaufen wollte. Woher sollte

sie jetzt aber wissen, in welcher Abteilung sich Jamie aufhielt?

»Was würdest du denn klauen?«, fragte Linh.

»Ich würde überhaupt nichts klauen!«, stellte Ilka klar.

Linh verdrehte die Augen. »Klar! Aber wenn?«

Ilka überlegte. »Na, etwas, was ich gut unbemerkt einstecken kann. Wie eine CD oder so.«

Das hatte sich auch Linh überlegt. Ihr fiel aber noch eine weitere Sache ein: »Und etwas, das seine Freunde interessiert. Denn so wie es aussah, haben die ihn ja hier reingeschickt.«

»Und die interessieren sich nicht für CDs?«, fragte Ilka.

»CDs kann man leicht illegal im Internet runterladen«, lautete Linhs Überlegung. »Wozu da das Risiko eingehen, sie im Laden zu stehlen? Aber wie wäre es mit etwas, worauf man die Raubkopien hören kann?«

»MP3-Player!«, begriff Ilka.

»Genau!«, bestätigte Linh. »Oder Kopfhörer. Gute Kopfhörer kosten auch schon 50 Euro oder mehr. Das könnte sich schon lohnen.«

»Oder Handys! Die sind auch klein und teuer.«

Ilka schaute auf die Übersichtstafel. Handys und MP3-Player mit Zubehör befanden sich unglücklicherweise in verschiedenen Abteilungen. Also mussten die beiden sich aufteilen. Noch einmal drehte Linh sich um und schaute zum Eingang. Doch die Jungs waren nicht nachgekommen.

Ilka fuhr mit der Rolltreppe in die zweite Etage zu den Handys, während Linh nach unten ins sogenannte Basement fuhr, wo es die MP3-Player und Zubehör gab. Von der Rolltreppe aus konnte Linh die gesamte Abteilung überblicken und sah auch schon Jamie, der sich auffällig unauffällig verschiedene Player anschaute.

Linhs Blick schnellte hoch zur anderen Rolltreppe. Aber von Ilka sah sie nur noch die Fersen. Schnell zog sie ihr Handy heraus, drückte die Kurzwahltaste für Ilka, wobei sie darauf achtete, Jamie nicht aus den Augen zu verlieren. Doch Ilka nahm nicht ab. Vermutlich hörte sie das Klingeln nicht. Die Geräuschkulisse in dem Elektronikmarkt war zu laut. So tippte Linh nur eilig: »Er ist hier!«, und schickte die SMS ab. Wenigstens wusste Ilka auf diese Weise Bescheid, wenn sie denn irgendwann mal auf ihr Handy schaute.

Linh steckte ihr Handy zurück in die Hosentasche und beobachtete entsetzt, wie Jamie gerade dabei war, mit seiner linken Hand einen der MP3-Player umständlich unter sein Shirt zu stecken.

Der spinnt doch!, dachte Linh. Und wie auffällig Jamie klaute! Vermutlich weil ihm seine verletzte rechte Hand schmerzte, versuchte er es mit links, was ihm sichtlich schwerfiel. Linh hatte keine Zweifel. So deutlich, wie sie es von der Rolltreppe aus mitbekam, hatten die Kaufhausdetektive es sicher auch längst gesehen! Wenn Jamie den Player nicht augenblicklich zurücklegte oder zur Kasse ging, würde er als Ladendieb geschnappt und die Polizei eingeschaltet werden.

Linh wollte so schnell wie möglich die Treppe hinunterlaufen, um Jamie vor dieser Dummheit zu bewahren. Doch sie kam nicht durch. Vor ihr stand ein knutschendes Pärchen. Sie links, er rechts auf der Treppe.

Oh Mann!, stöhnte Linh innerlich auf. Haben die kein Zuhause?

»Hallo?«, fragte sie höflich.

Die beiden hörten nicht. Zu sehr waren sie mit ihrem Kuss beschäftigt.

»Hallo!«, wiederholte Linh energischer. »Darf ich mal?«

Keine Reaktion. Als ob deren Lippen für alle Zeiten mit Klebstoff verbunden worden waren.

»ENTSCHULDIGUNG!«, rief Linh jetzt laut und deutlich.

Endlich lösten sich die beiden Köpfe voneinander. Im Tempo einer Nacktschnecke drehte der Mann seinen Kopf zu Linh.

»Mhm?«, kam es aus seinem geschlossenen Mund.

Vielleicht ließen sich die Lippen nicht bewegen?

»Darf ich mal durch?«, fragte Linh ungeduldig zum dritten Mal.

»Wieso hast du es denn so eilig?«, brummte der Mann.

Linh atmete tief durch. Was für eine dämliche Frage! Was ging den Mann das an? Er sollte sie gefälligst einfach nur durchlassen.

»Weil es brennt!«, antwortete Linh geistesgegenwärtig. »Haben Sie die Sirene nicht gehört?«

»Was?«, fragte der Mann verdutzt und schaute sich verwirrt um. Auch seine Freundin schaute ängstlich zur Decke und zog dabei unwillkürlich

ihren Freund zu sich heran. Die entstandene Lücke genügte Linh, um seitlich an dem Paar vorbeizuschlüpfen.

»Danke!«, rief sie ihm noch zu und sauste im Eiltempo die Treppe hinunter.

In der Player-Abteilung angekommen, schaute sie in einen leeren Gang.

Jamie war verschwunden!

»Oh nein!«, fluchte Linh. »Auch das noch!«

Gerade noch davongekommen!

Nervös schaute Linh sich um. Sie musste Jamie finden, bevor der versuchte, mit der gestohlenen Ware das Kaufhaus zu verlassen. Leider konnte Linh nicht über die Regale hinwegschauen. Immer wieder sprang sie hoch, aber auch das reichte nicht. Sie war einfach zu klein.

»Na, kann ich dir helfen?« Ein Verkäufer stand plötzlich vor ihr.

Linh glaubte es nicht! Wie oft hatte sie in einem Kaufhaus schon verzweifelt nach einem Verkäufer gesucht. Nie hatte sie einen gefunden. Zumindest keinen, der gerade Zeit hatte. Und jetzt, da sie nun wirklich keinen brauchen konnte, stand nicht nur einer direkt vor ihr, sondern schien sich auch noch für niemand anderen auf der Welt zu interessieren als ausgerechnet für sie.

»Nein, nein, danke«, wiegelte Linh ab. »Ich komme schon zurecht!«

Sie flitzte an dem Verkäufer vorbei, sauste in den nächsten Gang. Auch hier keine Spur von Jamie. Sie rannte zurück, blickte in den Hauptgang und erspähte eine Sitzbank, auf der im Moment aber niemand saß. Linh lief hin, sprang auf die Bank, schaute sich um – und entdeckte Jamie. Der ging geradewegs auf den Notausgang zu. Nicht weit davon entfernt entdeckte sie einen Mann, der aus den Augenwinkeln die Tür im Blick behielt. Keine Frage: der Kaufhausdetektiv. Wieso sah Jamie den nicht?

»Jamie!«, rief Linh durch den Laden.

Jamie hörte sie nicht und ging weiter auf den Ausgang zu. Nur noch wenige Schritte. Der Kaufhausdetektiv legte die Packung, die er zur Tarnung in den Händen hielt, beiseite und machte sich bereit, Jamie gleich zu packen.

Linh war zu weit entfernt, um Jamie rechtzeitig einholen zu können. Der lief geradewegs auf sein Verderben zu. Ihr musste etwas einfallen. Sofort!

Sie steckte sich zwei Finger in den Mund und stieß einen gellenden Pfiff aus. Irgendwann hatte sie sich das mal von Michael abgeguckt. Im Gegensatz zu ihm verwendete sie diesen Pfiff äußerst selten. Eigentlich nie. Er war ihr zu schrill. Außerdem lag es ihr nicht, Menschen hinterherzupfeifen. Und einen Hund besaß sie nicht. Jetzt aber war dieser Pfiff ihre letzte Chance. Noch einmal pfiff sie schrill auf zwei Fingern. So laut, dass zwei Kunden in ihrer Nähe sich grimmig nach ihr umschauten.

Aber auch Jamie merkte auf. Offenbar kannte er solche Pfiffe vom Sportplatz. Jedenfalls reagierte er prompt, blieb stehen und drehte sich um.

Erfreut sprang Linh in die Luft, winkte und rannte zu ihm.

Jamie erwartete sie mit genervtem Blick. Nervös schaute er sich in alle Richtungen um.

Der Kaufhausdetektiv zog sich schnell ein wenig zurück. Jamie bemerkte ihn noch immer nicht.

»Mann, was tust du denn hier?«, zischte Jamie. Sein Tonfall ließ keinen Zweifel daran, wie wenig ihm Linhs Erscheinen passte. »Ich hab überhaupt keine Zeit jetzt.«

»Oh doch!«, widersprach Linh. »Die hast du. Genug Zeit, um den MP3-Player zurückzubringen.«

Jamie erschrak, dass Linh davon wusste. Dennoch versuchte er zu leugnen. »Spinnst du?«, fuhr er sie an. »Wovon redest du?«

»Davon, dass der Detektiv kurz davor ist, dich zu schnappen«, erwiderte Linh ruhig.

Jamie schaute sich nervös um.

»Nicht dort«, korrigierte Linh ihn und deutete mit einer Kopfbewegung auf ein Regal schräg rechts hinter ihr. »Dort!«

Jamies Blick folgte Linhs Hinweis. Erneut erschrak er, als er den Detektiv nun auch endlich entdeckte. »Oh Scheiße!«

»Allerdings«, bestätigte Linh. »Aber nicht der Detektiv, sondern du. Wie kommst du dazu, was zu klauen?«

Sie fasste Jamie an der Schulter und schob ihn vor sich her. Langsam führte sie ihn zurück zu dem Regal mit den Playern. »Hier kannst du ihn jetzt zurücklegen.«

»Was soll das?«, wehrte sich Jamie. »Wieso mischst du dich in meine Angelegenheiten?«

»Wir wollen keinen Dieb in unserer Schulmannschaft«, stellte Linh klar.

»Pah!«, machte Jamie.

»Gut, wenn es dir lieber ist, kann auch er sich in deine Angelegenheiten mischen.« Wieder deutete Linh auf den Kaufhausdetektiv, der langsam näher kam und den Hals reckte, um besser sehen zu können, was die beiden Kinder vorhatten. Denn natürlich hielt er Linh erst einmal für eine Komplizin des Ladendiebs. Noch aber konnte er nicht einschreiten. Denn es bestand ja immerhin die Möglichkeit, dass die beiden zur Kasse gingen, um zu bezahlen.

Jamie schaute aus den Augenwinkeln zu dem Detektiv.

»Das ist Erpressung«, beschwerte er sich bei Linh.

»Pah!«, machte sie Jamie nach.

»Okay!« Jamie gab auf und erzählte, was Linh sich schon gedacht hatte. »Wenn ich mit leeren Händen rauskomme, krieg ich Ärger.«

Linh schüttelte den Kopf. »Ärger bekommst du, wenn du etwas stiehlst!«

»Du verstehst nicht«, flehte Jamie Linh fast an. »Die Jungs sind ...« Er zögerte, seine Freunde zu verraten. Doch Linh wusste durch die Polizei ja längst Bescheid.

»... in einen Laden eingebrochen«, ergänzte sie den Satz. »Und weiter?«

»Ich war nicht dabei. Aber die Polizei ermittelt gegen sie. Haben wohl Spuren gefunden oder auch

einen Tipp bekommen. Ich weiß es nicht«, erzählte Jamie. »Nur die Beute hat die Polizei noch nicht gefunden. Auf jeden Fall denken Snake und die anderen, *ich* hätte der Polizei einen Tipp gegeben. Und jetzt halten sie mich für einen Verräter!«

»Und deshalb haben sie dich so zugerichtet?«, fragte Linh und zeigte auf Jamies Verletzungen.

Jamie nickte verlegen.

Linh verstand immer noch nicht, was das mit Jamies Versuch zu tun hatte, diesen MP3-Player zu stehlen.

»Ich soll beweisen, dass ich zu ihnen gehöre«, erklärte Jamie.

Linh runzelte die Stirn, schaute Jamie tief in die Augen und fragte nach, weil sie nicht glauben konnte, was er ihr da gerade erzählte. »Du sollst hier etwas klauen als Beweis, dass du ihr Freund bist?«

Jamie nickte.

Linh schüttelte den Kopf und tippte sich heftig mit dem Zeigefinger gegen die Stirn. »Und auf so eine bescheuerte Forderung lässt du dich ein? Bist du nicht mehr bei Sinnen?«, schimpfte sie.

»Was soll ich denn machen?«, verteidigte sich Jamie. »Es sind meine Freunde.«

»Ha!«, entfuhr es Linh. »Schöne Freunde! Erst verprügeln sie dich und dann schicken sie dich zum Klauen in einen Laden. Auf solche Freunde könnte ich aber gepflegt verzichten!«

»Du vielleicht«, gab Jamie beleidigt zurück. »Ich aber nicht.«

Gerade wollte er sich umdrehen und weglaufen, doch Linh hielt ihn fest.

»Was?«, fuhr Jamie sie an.

»Den Player!«, verlangte Linh.

»Oh Mann!«, stöhnte Jamie, holte mit der linken Hand umständlich den MP3-Player unter seinem Shirt hervor und legte ihn zurück ins Regal.

Linh nickte zufrieden. »Gut. Und jetzt gehen wir!«

»Wohin?«, wollte Jamie wissen.

»Zu *meinen* Freunden!«, antwortete Linh.

Eine mutige Wette!

So leicht, wie Linh es sich vorgestellt hatte, mit ihren Freunden und Jamie nach Hause zu gehen, wurde es bei Weitem nicht. Kaum hatte sie mit Jamie das Elektronik-Kaufhaus verlassen, kamen Jamies Jungs schon auf ihn zu.

Der große athletische Typ, der sich Michael gegenüber als Snake vorgestellt hatte, rief Jamie zu sich. »Hey, Jamie! Was ist los, Mann? Hast du's?«

Bevor Jamie antworten konnte, stellte Linh sich vor ihn. »Jamie schon. Aber ich glaube, du hast sie nicht mehr alle.«

Snake blieb stehen, schaute ungläubig auf die kleine, zierliche Linh und fing an zu lachen: »Was willst du denn, du kleine Ameise?« Er drehte sich zu dem chinesischen Jungen um und fragte belustigt: »Gehört die zu dir, Drache?«

Linh grinste dem Typ frech ins Gesicht: »Snake? Drache? Ameise? Du hast es mit den Tieren, oder?

Und wer sind die anderen beiden? Plüschteddy und Quietscheentchen?«

Snake gefror das Lachen im Gesicht. Es verzog sich zu einer bösen, bedrohlichen Miene. »Genug jetzt.« Mit einer lässigen Bewegung wollte er Linh beiseiteschieben. Doch wie bei einem Judokampf griff Linh sich seinen Arm, zog ihn seitlich an ihr vorbei, nutzte damit dessen eigenen Schwung, durch den Snake ins Stolpern kam und fast neben Linh hingefallen wäre.

»Jetzt reicht's!«, schnaubte Snake wütend, nachdem er sich wieder gefangen hatte. Er wollte schon auf Linh losgehen, als ihn von hinten etwas stoppte.

»Das wollte ich auch gerade sagen!« Michael hatte sich Snake gepackt und verdrehte ihm mit aller Kraft den Arm. »Wenn du den Arm noch mal zum Streetball benutzen willst, würde ich jetzt aufgeben«, warnte Michael.

Linh atmete tief durch. »Wurde auch Zeit, dass ihr kommt!«

Während Michael noch immer Snake in Schach hielt, tauchten neben »Drache« und dem noch namenlosen Afrikaner Lennart und Jabali auf.

»Wo ist Ilka?«, fragte Lennart.

»Hier!«, antwortete sie selbst, da sie in diesem Moment aus dem Kaufhaus kam.

Zwischen den Gruppen war eine Pattsituation entstanden. Beide Seiten erkannten das.

Nur Jamie war äußerst unwohl zumute. Seine neuen Freunde standen ihm zwar zur Seite, was ihm schmeichelte, aber sie stellten sich gegen seine alten Freunde, was ihm ganz und gar nicht gefiel. Die würden ihn jetzt für einen Verräter halten und aus ihrer Gruppe ausstoßen. Mindestens. Wenn sie nicht noch Schlimmeres mit ihm anstellten. Irgendwie hatte Jamie das Gefühl, dass die Einmischung der Fünf Asse seine Situation nicht gerade verbesserte.

»Und was habt ihr jetzt vor?«, fragte Snake. »Ihr glaubt doch wohl nicht im Ernst, dass ihr so davonkommt? Irgendwann kriegen wir euch. Da könnt ihr Gift drauf nehmen. Und dich erst recht, du Verräter!«, fauchte er Jamie an.

»Jamie hat euch nicht verraten!«, sprang Linh für Jamie ein.

Dafür hatte Snake aber nur ein verächtliches Lachen übrig. »Ach nein? Und weshalb sind uns die Bullen auf den Fersen?«

»Vielleicht, weil ihr selbst Spuren hinterlassen oder euch verdächtig benommen habt?«, gab Linh zurück.

»Quatsch!«, schimpfte Snake.

»Natürlich!«, stellte Linh mit einer gehörigen Portion Ironie fest. »Weil ihr keine Fehler macht und sowieso die Besten und Tollsten seid, nicht wahr?«

Snake warf ihr einen wütenden Blick zu.

In diesem Moment kam Linh eine Idee. Ohne sie mit den anderen abzusprechen, sprudelte sie damit heraus. »Gut!«, begann sie. »Wir machen euch einen Vorschlag.«

»Ihr?«, wunderte sich Snake. Und ließ seinen Blick einzeln über die Fünf Asse schweifen.

»Ja, wir!«, bekräftigte Linh.

Auch Ilka, Lennart, Jabali und Michael schauten sie verwundert an. Von einem Vorschlag ihrerseits wussten sie nichts.

»Wir fordern euch zu einem Basketballspiel heraus«, schlug Linh vor.

»Was?«, entfuhr es Snake und seinen Freunden gleichzeitig. Sie waren genauso erstaunt wie Linhs Freunde.

»Ja, bei euch auf dem Platz. Ein Streetballspiel. Wenn wir gewinnen, lasst ihr Jamie ein für allemal zufrieden. Also zumindest mit Diebstählen und so was.«

Michael ließ Snake los. Er wusste, dass der Zeitpunkt für körperliche Auseinandersetzungen vorüber war. Ab jetzt wurde verhandelt.

»Und wenn ihr verliert?«, fragte Snake interessiert nach. Er hatte die Fünf Asse noch nie spielen sehen. Aber er wusste, wenn Jamie bei denen der absolute Topspieler war, dann war es für sie ein Leichtes, diese kleinen Knirpse, die durchweg bestimmt zwei Jahre jünger waren, zu schlagen.

»Dann ziehen wir uns zurück«, versprach Linh. »Wir haben euch nie gesehen.«

Snakes Gesicht verzog sich zu einem zufriedenen, siegesgewissen Lächeln. »Klingt interessant«, sagte er.

»Eins noch«, ergänzte Linh. »Wenn wir gewinnen, gebt ihr die geklauten Sachen zurück. Und hört am besten ganz auf mit euren blöden Diebstählen.«

Snake hatte nicht die Spur eines Zweifels, das Spiel zu gewinnen. »Okay!«

»Okay«, schlug Linh sofort ein.

»Aber wenn wir gewinnen, mischt ihr euch nie wieder in unsere Angelegenheiten ein!«, verlangte Snake.

Linh sagte zu.

Beide schlugen ein.

Die Wette galt.

Vorbereitung

»Bist du total verrückt?« Michael konnte sich gar nicht mehr beruhigen. Wie ein Rumpelstilzchen sprang er um Linh herum, fuchtelte mit den Armen wild durch die Luft und regte sich immer wieder aufs Neue auf.

»Hast du mal gesehen, wie Jamie spielt? Er ist mit Abstand unser bester Spieler. Bei *uns*!«, betonte er, um sich dann weiter zu ereifern: »Bei *denen* sind alle anderen noch besser! Da kriegen wir die Packung unseres Lebens. Und Jamie sind wir dann auch noch los.«

»Wieso?«, fragte Ilka. »Er geht doch trotzdem weiter in unsere Klasse!«

Michael blieb stehen und schaute Ilka ernst an. »Oder er kommt ins Erziehungsheim oder was weiß ich wohin. Als Krimineller! Weil Linh ihn diesen Verbrechern wieder in die Arme getrieben hat!«

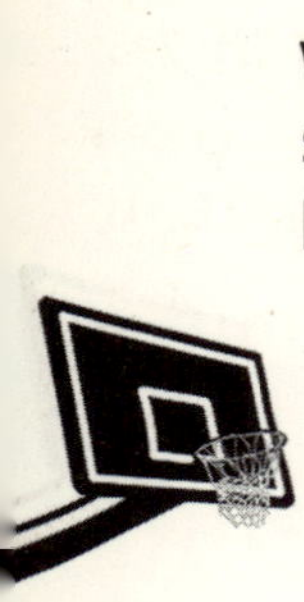

Jetzt wurde es Linh zu viel: »Ich habe ihn vom Stehlen abgehalten. Ihr seid draußen geblieben!«

Michael schnaubte nur verächtlich.

Jabali versuchte zu beschwichtigen. »Lasst uns doch erst mal ein Eis essen und uns beruhigen«, schlug er vor.

Aber Michael war überhaupt nicht nach Eis zumute. »Hör doch mal auf mit deinem blöden selbst gemachten Eis!«, blaffte er Jabali an.

Doch Jabali hatte gar nicht an selbst gemachtes Eis gedacht. Er zeigte über die Straße auf ein Eiscafé.

Daraufhin durchforsteten alle ihre Geldbörsen und Hosentaschen, um zu sehen, wie viel Geld sie dabeihatten.

»Was kostet eine Kugel?«, fragte Ilka.

»70 Cent«, wusste Jabali. »Sahne 50 Cent.«

»Ich brauche keine Sahne«, beschloss Ilka und fischte freudestrahlend ein Zwei-Euro-Stück aus ihrem Notfalltäschchen. »Okay, bei zwei Kugeln bin ich dabei.«

Auch die anderen fanden das nötige Kleingeld. So kauften sie sich jeder eine Waffeltüte mit zwei Kugeln und setzten sich in der Nähe des Eiscafés auf eine kleine Mauer.

»Wir können sie schlagen«, behauptete Linh plötzlich, nachdem sie kurz von ihrem Eis geschleckt hatte.

»Ach ja?« Michael sprang schon wieder erregt auf. »Ihr Mädchen könnt ja locker drüber reden. Ihr spielt ja nicht mit!«

»Selbst die größten Könige gehen zu Fuß aufs Klo«, zitierte Linh eine alte Volksweisheit.

Michael stöhnte laut auf. »Jetzt kommst du wieder mit deinen Sprüchen. Was hat denn unser Spiel mit einem Klo zu tun?«

»Na ja«, versuchte Jabali zu übersetzen. »Auch die Streetballer spielen nur mit einem Ball und müssen erst mal in den Korb treffen.«

»Ja!«, lachte Michael auf. »Das gilt auch für die Harlem Globetrotters. Und du kannst ja gerne mal versuchen, das zu verhindern. Viel Spaß dabei!«

Lennart schüttelte den Kopf. Bisher hatte er gar nichts gesagt. Aber jetzt übertrieb Michael doch maßlos. »Die Streetballer sind bei Weitem nicht die Harlem Globetrotters«, stellte er klar.

»Aber sie halten sich beinahe dafür«, bemerkte Jabali.

Linh stimmte ihm eifrig zu. »Genau das ist der Punkt. Für die ist das Spiel doch längst gewonnen.«

»Womit sie recht haben«, fand Michael.

»Ganz und gar nicht!«, widersprach Linh. »Denn Hochmut kommt vor dem Fall. So wie wir denen Paroli bieten, werden die nervös werden.«

An Linhs Überlegung war etwas dran, fand Lennart und stellte fest: »Und sooo schlecht sind wir nun auch nicht. Schon gar nicht mit Jamie.«

Michael verzog nur böse das Gesicht.

Aber Linh wandte ein, dass Jamie wohl kaum mitspielen könne: »Um ihn geht es ja.«

»Na super!«, stöhnte Michael. »Auch noch ohne Jamie.«

»Seit wann gibst du denn so schnell auf?«, wunderte sich Ilka. »Ausgerechnet du? Wir werden uns Jamie zurückholen. Auf sportliche Weise. Und eine bessere Generalprobe, um danach die Grünheimer zu schlagen, kann man sich doch gar nicht vorstellen.«

Ilka wusste, wo Michaels wunder Punkt lag. Ihr Trick funktionierte. Bei der Vorstellung, die Grünheimer zu besiegen, hellte sich dessen Gesicht sofort wieder auf.

Linh und Ilka lächelten sich an. Sie wussten, jetzt hatten sie Michael überzeugt.

Damit war's entschieden: Lennart, Michael und Jabali mussten gegen die Streetballer antreten. Drei gegen drei.

Die Wette war abgemacht. Wenn sie jetzt einen Rückzieher machten, war auch alles verloren. Da konnten sie es ebenso gut versuchen.

Anpfiff

Lennart wischte sich den Schweiß von der Stirn. Das Spiel hatte noch nicht mal angefangen und er hatte sein Shirt schon fast durchgeschwitzt. Zwar herrschten draußen sommerlich heiße Temperaturen um die 30 Grad. Die Hitze flirrte von den Straßen, Hochhäusern und Betonparkplätzen und staute sich hier auf dem Platz, dass Lennart sich fast fühlte wie auf einem Grill. Aber das war nicht der einzige Grund für seine Schweißausbrüche. Er hatte sich ungewöhnlich lange und intensiv warm gelaufen. Trotzdem legte sich seine Aufregung einfach nicht. Im Gegenteil. Sie stieg ins Unermessliche. Und jetzt, da das Spiel begann, fing er trotz der Hitze zu zittern an. Zusätzlich zu seiner Aufregung und Nervosität kam noch eine große Portion Skepsis. Denn Streetball, so hatte Jamie sie aufgeklärt, wurde ohne Schiedsrichter gespielt. Lennart konnte sich nicht vorstellen, dass ein Spiel, in dem es um

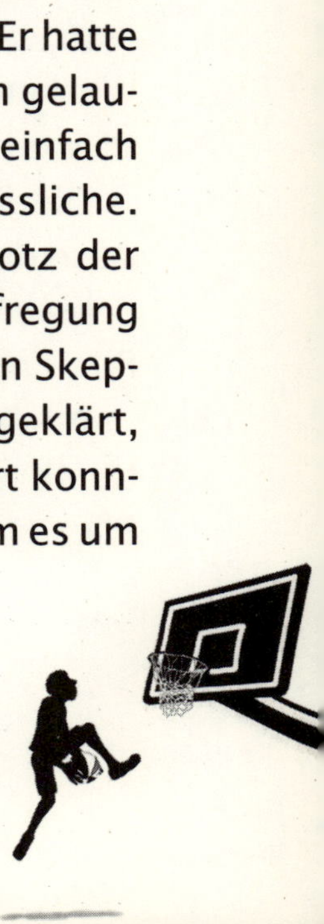

so viel ging, ohne Schiedsrichter friedlich ablaufen konnte. Er rechnete eigentlich fest damit, dass es irgendwann einen Streit geben würde, der womöglich in eine Schlägerei ausartete.

Doch zunächst begann das Spiel ohne Streit. Im Gegenteil. Es begann als reinstes Vergnügen – für die Gegner.

Snake hatte den Ball, lief auf den Korb zu, worauf Michael sich ihm sofort in den Weg stellte, um seinen Angriff aufzuhalten. Doch Snake blieb stehen, täuschte eine Körperbewegung nach links, dann nach rechts, wieder nach links an. Schließlich ließ er den Ball durch Michaels Beine rollen. Noch während der verdutzt dastand, lief Snake um ihn herum, sammelte den Ball wieder auf, setzte zu einem Wurf an, traf und holte zwei Punkte. Nur zwei Punkte, weil es im Streetball keine Dreierpunkte gab.

Die Streetballer führten 2:0, ohne dass eins der Asse den Ball auch nur berührt hätte.

Linh und Ilka standen am Rand und versuchten, ihre Freunde aufzumuntern.

Auch Jamie war gekommen. Er stand etwas weiter abseits und betrachtete das Spiel mit kritischem Blick.

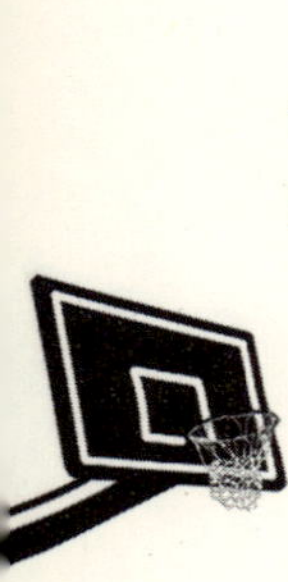

Zum Glück hatten sie abgesprochen, dass nach einem Korb die gegnerische Mannschaft den Ball erhielt.

Lennart führte den Ball nun. Auch er hätte jetzt, genau wie Snake es ihm vorgemacht hatte, alleine dribbeln, durchgehen und einen Korb erzielen können. Doch genau das traute sich Lennart nicht zu. Er beherrschte das Dribbeln bei Weitem nicht so gut wie Snake. Darüber hinaus war er sich sicher, dass seine drei Gegner auch hervorragend verteidigen konnten.

Lennart suchte deshalb eine Anspielstation. Aber es gab keine. Michael war gedeckt und Jabali ebenso. Lennart musste nur seinen Gegenspieler umspielen. Damit wäre er frei und würde einen weiteren Gegner auf sich ziehen und somit einen Mitspieler frei machen.

Lennart verließ sich nicht aufs Dribbeln, sondern auf seine Schnelligkeit. Er spielte den Ball vor und spurtete los. Tatsächlich war er schneller als sein Gegenspieler, zog an ihm vorbei, nutzte den kleinen Vorsprung und den dadurch geschaffenen Platz. Er setzte zum Sprung an, warf den Ball auf den Korb. Der Ball flog im Bogen darauf zu und

wäre glatt im Netz gelandet, wenn nicht kurz vorher eine Hand dies verhindert hätte.

Lennart hatte keine Ahnung, woher Snake so schnell gekommen war. Aber rechtzeitig, bevor der Ball sich zum Treffer absenkte, fischte Snake sich den Ball aus der Luft und gab ihn weiter, noch bevor er selbst den Boden berührte. Drache, der eben noch den Zweikampf gegen Lennart geführt hatte, fing den Ball auf, raste los, zog in einem Affentempo an Michael vorbei und setzte zum Korbleger an. Jabali sprang ihm in die Flugbahn. Doch mit einer Geschwindigkeit, die das bloße Auge kaum wahrnehmen konnte, zog Drache den Ball in der Luft zurück, spielte ihn hinter dem Rücken zu dem Dritten aus seiner Mannschaft, der ihn auffing und in den Korb warf.

Ilka und Linh schlugen sich am Spielfeldrand die Hände vor die Augen. Das Desaster mochten sie gar nicht mitansehen. Auch Linh erkannte jetzt, dass ihre Mannschaft nicht die Spur einer Chance besaß.

»3:0«, kommentierte der Spieler seinen Treffer trocken.

»Kann der nicht rechnen?«, wunderte sich Ilka

am Spielfeldrand. Aber Linh erklärte ihr, dass beim Streetball ein gewöhnlicher Treffer nicht mit zwei, sondern nur mit einem Punkt gewertet wurde.

Jabali übernahm den Ball. Er wusste nicht mal, wie er Michael oder Lennart anspielen sollte. Also versuchte er es allein. Doch schon nach drei Schritten verlor er den Ball an seinen Gegenspieler. Und die nächste Angriffswelle rollte auf sie zu. Wobei von einer Angriffswelle überhaupt nicht die Rede sein konnte. Snake, Drache und der Dritte, dessen Namen Jabali nicht kannte, spielten, als ob Jabali, Lennart und Michael nichts weiter wären als Metallstangen, die vom letzten Training stehen geblieben waren und an denen man nur vorbeilaufen musste.

Drache kam nun mit dem Ball auf Jabali zu. In gebeugter Haltung fixierte Jabali den Ball. Er nahm sich fest vor, sich nicht von den schnellen Körpertäuschungen und Handbewegungen seines Gegners irritieren zu lassen.

Immer nur den Ball im Auge behalten, ermahnte Jabali sich. Egal, was der Gegner tut. Ich darf den Ball nicht aus den Augen verlieren.

Doch Drache dribbelte vor Jabali hin und her. Der

Ball flitzte von seiner linken in die rechte Hand und zurück. Links, rechts, links, rechts. Durch die Beine, links, rechts, links, rechts. Jabali folgte dem Ball mit den Augen. Immer nur den Ball im Blick. Ihm wurde ganz schwindelig. Plötzlich holte Drache blitzartig zum Wurf aus. Er nahm den Ball, sprang und warf. Jabali drehte sich, um die Flugbahn des Balls zu verfolgen. Aber da war kein Ball. Der Ball war fort. Wie weggezaubert! Jabali drehte sich um sich selbst, den Kopf in den Nacken gelegt, um den Ball zu suchen. Als er Drache wieder anblickte, fiel der Ball vom Himmel wie ein zuvor unsichtbarer Komet. Drache fing ihn auf, zog an Jabali vorbei und warf ihn in den Korb, während Jabali noch immer dastand und sich fragte, was soeben passiert und wo der Ball gewesen war.

Ilka hatte es vom Rand aus gesehen: Drache hatte den Ball einfach nur hochgeworfen. Aber so schnell, dass niemand gesehen hatte, wie er das gemacht hatte. Jabali hatte geglaubt, Drache hätte auf den Korb geworfen. Deswegen hatte er den Ball nicht gesehen. Und Drache hatte seine Verwirrung genutzt, sich den Ball geschnappt und einen Treffer gelandet. 4:0 für die Streetballer.

Zwar konnte Lennart auch ein paar Punkte holen. Am Schluss aber verloren sie das Spiel mit 42:8. Es war die höchste und gleichzeitig peinlichste Niederlage, die Lennart und seine Freunde überhaupt je erlitten hatten.

Snake und seine Kumpels klatschten sich gegenseitig ab.

Lennart, Michael und Jabali standen nur da und ließen die Köpfe hängen. Mit diesem Spiel hatten sie sich wahrlich keinen Gefallen getan. Ihr Selbstbewusstsein war zerschmettert, Jamie hatten sie mehr geschadet als geholfen und den Streetballern mussten sie in Zukunft vom Leib bleiben. Alles war schlimmer als vor der Wette.

Snake ging langsam auf Jamie zu, der noch immer still am Spielfeldrand stand.

»Du schuldest uns was!«, sagte er, drehte sich um und ging.

Jamie stand geknickt da.

Linh plagte das schlechte Gewissen. Denn sie sah ein, dass sie einen großen Fehler gemacht hatte. Leider hatte sie nicht die geringste Idee, wie sie diesen Fehler wiedergutmachen konnte.

Letztes Training

Michael mochte gar nicht an das Spiel am Wochenende gegen die Grünheimer denken. Bestimmt hatte sich die peinliche Niederlage gegen die Streetballer schon bis nach Grünheim herumgesprochen. Und wenn sie wieder so spielten, dann würden sie auch in diesem Spiel haushoch verlieren. Lustlos ließ Michael den Ball auf den Hallenboden prallen.

Auch Lennart, Jabali und die übrigen gingen alles andere als motiviert ins Training. Frau Kick stand am Rand der Halle, beobachtete ihre Schützlinge und fragte sich, was geschehen war. Aber sie wusste auch nichts von dem Spiel der Fünf Asse gegen die Straßenmannschaft und der furchtbaren Niederlage.

Lennart hatte es den anderen aus dem Team erzählt und damit sowohl Niedergeschlagenheit als auch Unverständnis ausgelöst.

»Wieso habt ihr uns nicht Bescheid gesagt?«, hatte Cem ihnen vorgeworfen. Er war sicher, wenn statt Michael und Jabali zwei andere gespielt hätten, wäre die Niederlage nicht so deutlich ausgefallen.

Und Philipp hatte gefragt, wie man so blöd sein konnte, sich überhaupt auf ein Spiel gegen die Streetballer einzulassen. Und dann auch noch mit solch einem Einsatz!

»Heißt das, Jamie ist jetzt für unsere Mannschaft verloren?«, hatte José wissen wollen.

Lennart hatte auf all die Fragen keine Antworten gehabt. Er wusste nur, sie hatten es restlos vermasselt. Von wegen »Fünf Asse«. Sie waren bestenfalls die Fünf Nieten!

Frau Kick pustete in ihre Trillerpfeife, um das letzte Training vor dem Spiel gegen die Grünheimer zu beginnen. Die Schüler trotteten gemächlich zusammen, als hätten sie alle seit hundert Jahren nicht mehr geschlafen.

»Was ist denn mit euch los, Jungs?«, rief sie in die Runde und stellte fest, dass Jamie wieder einmal fehlte.

Diesmal aber fragte niemand nach, wo Jamie

abgeblieben war. Sie alle wussten: Jamie fehlte, weil die Fünf Asse es vermasselt hatten. Sie hatten ihren besten Spieler verspielt. Hatten ihn als Spieleinsatz missbraucht – und verloren.

Linh und Ilka standen vor der Sporthalle, in der die Jungs trainierten. Ilka aß einen Apfel. Linh trank eine Limonade. Und beide wussten nicht mehr weiter.

»Wir wissen, dass die in Kaufhäusern einbrechen und dürfen nichts sagen«, stellte Ilka fest.

»Ja«, bestätigte Linh. »Um so etwas hätten wir niemals spielen dürfen. Wir haben unser Gewissen verkauft und Jamie verraten.«

»Aber ich war mir auch so sicher, dass die Jungs das Spiel hätten gewinnen können. Ich hätte mir nie vorgestellt, wie überirdisch gut Jamies Kumpels spielen.«

Linh widersprach: »Das ist aber nicht der Punkt. Wenn wir gewonnen hätten, hätten wir zwar jetzt die Probleme nicht, aber es wäre trotzdem falsch gewesen. Die haben Jamie zum Diebstahl angestiftet und wir hätten gleich dagegen vorgehen müssen. Stattdessen haben wir um die Erlaubnis dazu gespielt. Das verzeihe ich mir nie!«

»Es ist nicht allein deine Schuld«, tröstete Ilka. »Wir alle haben Schuld daran.«

Aber das tröstete Linh wenig. Sie zuckte achtlos mit den Schultern, bevor sie aufblickte. »Und jetzt fehlt er schon wieder, oder?«

»Ja«, bestätigte Ilka. »Frau Kick hat gerade mit dem Training begonnen, aber Jamie ist nicht aufgetaucht.«

»Bestimmt ist er sauer auf uns«, vermutete Linh.

»Weiß nicht«, zweifelte Ilka. »Sicher, das Spiel war ein Fehler. Aber immerhin gut gemeint. Wir wollten ihm helfen. Das weiß er doch.«

»Und warum kommt er dann nicht?«, setzte Linh dagegen.

Ilka zog die Schultern hoch.

Und dann sahen sich die beiden Mädchen an. In derselben Sekunde hatten sie den gleichen Gedanken. Und sprachen ihn auch gleichzeitig aus: »Vielleicht kann er nicht kommen?«

»Wir haben verloren«, fasste Linh zusammen. »Aber Jamie muss die Spielschuld bezahlen und soll nun für die Streetballer den Kopf hinhalten.«

»Genau«, bestätigte Ilka. »Was aber, wenn er sich weigert?«

»Mann, der steckt in der Tinte«, schlussfolgerte Linh. »Und zwar wegen uns!« Sie gab Ilka einen Klaps. »Los, komm!«

»Wohin denn?«, fragte Ilka verwundert – und lief Linh hinterher.

Linh rannte so schnell sie konnte zum Platz der Streetballer. In ausreichendem Abstand blieb sie stehen.

Auf dem Platz standen zwei aus Snakes Gruppe.

»Siehst du?«, fragte Linh.

»Nee!« Ilka begriff noch immer nichts.

»Nur zwei von denen. Und die scheinen nicht gerade auf die anderen zu warten«, stellte Linh fest.

»Sondern?« Ilka konnte nichts Besonderes erkennen.

»Das sind Wachen«, vermutete Linh. »Die suchen Jamie. Und wenn er hier auftaucht, schnappen sie ihn!«

»Meinst du?« Ilka konnte Linhs Gedanken nicht ganz folgen.

»Komm mit!«, sagte Linh wieder nur – und rannte erneut los.

»Och nö!«, stöhnte Ilka. »Kannst du mir nicht

deine geheimen Gedanken mal verraten? Wo wollen wir denn jetzt hin?«

Doch Linh rannte nur. Ilka folgte ihr und erkannte schnell, wohin Linh lief. Zu dem Haus, in dem Jamie wohnte.

Wieder stoppten sie in ausreichendem Abstand. Und wieder entdeckten sie zwei aus Snakes Gruppe.

»Noch mal zwei!«, zeigte Linh. »Ich sage dir: Als Jamie seine Schuld einlösen sollte, ist er abgehauen. Und jetzt suchen sie ihn!«

»Wie kommst du darauf?«, fragte Ilka.

Linh ließ ein leichtes Schmunzeln aufblitzen. »Ganz einfach: Ich an seiner Stelle hätte genau dasselbe getan!«

»Und du meinst, Jamie hält sich jetzt versteckt?«, ergänzte Ilka, die allmählich verstand.

Linh nickte ihr zu. »Ganz genau. Snake und seine Jungs bewachen die Orte, an denen sich Jamie normalerweise aufhält: den Streetballplatz. Sein Haus. Und bestimmt haben sie es auch schon bei ihm an der Wohnung versucht. Er kann nicht raus. Deshalb ist er nicht zum Training erschienen.«

»Du glaubst, er ist ein Gefangener in seiner eige-

nen Wohnung?«, fragte Ilka und schaute zu den Fenstern hinauf.

Linh schüttelte den Kopf. »Möglich, aber nicht wahrscheinlich. Da Jamie um diese Zeit allein zu Hause wäre, nehme ich an, sie würden gegen die Tür bollern. Vielleicht sind sie sogar mit Gewalt in die Wohnung gelangt. Wer weiß?«

»Also?«, hakte Ilka nach. »Wo ist er deiner Meinung nach?«

»Im Haus!«, vermutete Linh. »Aber nicht in der Wohnung.«

Ilka zog die Augenbrauen hoch. Linh erstaunte sie immer wieder aufs Neue.

»Kennst du den kleinen Laden am Bahnhof, der mit den vietnamesischen Lebensmitteln?«, fragte Linh.

Ilka kannte ihn nicht. Ums Einkaufen kümmerten sich ihre Eltern. Und vietnamesisch aßen sie so gut wie nie.

»Egal«, kürzte Linh die Debatte ab. »Der Besitzer hat eine kleine Tochter. Meine kleine Schwester spielt manchmal mit ihr.«

»Toll!«, schnaufte Ilka. »Und was hilft uns das jetzt?«

Linh grinste. »Die Familie wohnt auch in so einem Betonklotz. Und jetzt kommt's. Bei denen sind die Keller der Häuser miteinander verbunden. Das ist echt spannend. Du kannst gewissermaßen unter dem gesamten Innenhof hergehen. Immer durch die Keller. Von den Verbindungsgängen gehen große Räume ab, die eigentlich mal als gemeinsame Fahrradkeller benutzt werden sollten. Meistens liegt da aber nur Sperrmüll.«

»Wow!« Jetzt war Ilka in der Tat beeindruckt. Sie stellte sich ein Labyrinth unterirdischer Gänge vor. »Und das wissen Snakes Jungs nicht?«

»Keine Ahnung«, gab Linh zu. »Hoffentlich nicht!«

Im Keller

Linh schlug vor, dass sie durch den Hauseingang ganz rechts in den Keller ging und Ilka ganz links. Von beiden Seiten konnten sie sich dann auf den Keller unter Jamies Wohnung zubewegen. Bis sie sich oder – hoffentlich – Jamie trafen. Für alle Fälle hatten sie ihre Handys dabei.

Sofort liefen die Mädchen los und huschten in die Hauseingänge, wobei sie darauf achteten, von den beiden Jungs nicht gesehen zu werden, die in der Mitte des Hofes auf dem Spielplatz saßen und die Umgebung im Blick behielten.

Linh ärgerte sich, dass sie keine Taschenlampe dabeihatte. Die Kellergänge waren nur von schwachem Licht erhellt, das sich nach wenigen Minuten von selbst ausschaltete. Natürlich wurde es ständig dunkel, wenn Linh sich genau zwischen zwei Lichtschaltern befand und sich immer erst einige Schritte blind vorantasten musste. Jedes Mal stieß sie dabei gegen etwas. Linh konnte nicht glauben, was die Leute so alles aufbewahrten. Kinderwagen und Fahrräder waren ja normal. Aber sie kam an leeren Getränkekisten vorbei, an kaputten Kühlschränken, losen Waschmaschinentrommeln, halb zerfallenen Wickelkommoden, zerbrochenen Schlitten, verrosteten Bettgestellen, die wohl mal hochkant abgestellt worden waren, jetzt aber umgekippt quer im Weg lagen.

Doch nach dem dritten Keller hörte Linh etwas. Ein Geräusch, von dem sie innig hoffte, dass es sich nicht um eine Ratte handelte.

»Hallo?«, fragte Linh leise in die Dunkelheit hinein.

Es kam keine Antwort. Ilka konnte es eigentlich noch nicht sein. Ein Nachbar hätte sich vermutlich gemeldet, nahm Linh an. Also versuchte sie es noch einmal.

»Hallo?« Dann gab sie sich zu erkennen: »Ich bin's. Linh! Jamie? Jamie, bist du da?«

Keine Reaktion.

Dann plötzlich wieder ein Geräusch.

Hinter Linh.

»Psssst!«

Linh drehte sich schlagartig um – und atmete erleichtert durch. Aus einer Kellertür blickte Jamies Kopf.

»Linh?«, fragte er verwundert. »Was tust du denn hier?«

»Dich suchen!«, antwortete Linh. Schnell zog sie ihr Handy aus der Tasche und sandte Ilka eine SMS.

»Wo sind wir hier?«, fragte sie Jamie, um es Ilka zu erleichtern, sie zu finden.

»Im Keller von Hausnummer 46. Das ist der zweite Eingang neben unserem.«

Damit bekam Ilka einen Anhaltspunkt, wie weit sie noch zu laufen hatte.

In der Zwischenzeit bestätigte Jamie, was Linh und Ilka bereits vermutet hatten: Snake und die anderen wollten Jamie zwingen, bei der Polizei ein falsches Geständnis abzulegen und damit die Schuld für den Einbruch auf sich zu nehmen.

Jamie dachte gar nicht daran und war abgehauen. Seitdem suchten sie ihn.

Als er mit seiner Erzählung fertig war, hatte Ilka sie erreicht.

»Und was willst du jetzt tun?«, fragte Linh. »Immer weglaufen ist doch auf Dauer keine Lösung.«

Das räumte Jamie ein. Bis er eine bessere Idee hatte, hielt er Flucht aber für die einzige Möglichkeit.

»Aber unsere Mannschaft braucht dich«, betonte Ilka.

Jamie nickte ihr zu. »Snake und seine Jungs können mir in Zukunft gestohlen bleiben! Das sind nicht mehr meine Freunde, wenn ich deren Mist für sie ausbaden soll! Auf solche Freunde kann ich verzichten.«

»Das ist doch schon mal ein guter Anfang«, strahlte Ilka.

Und Jamie zeigte endlich mal wieder sein sympathisches Lächeln. Wenn auch nur kurz.

»Wow!«, sagte Linh anerkennend. »Das war bestimmt keine leichte Entscheidung.«

Jamie zuckte verlegen mit den Schultern. »Na ja«, gab er zu, »ohne euch hätte ich wohl noch nicht kapiert, wie mies die sind.«

»Kommt!«, rief Ilka. »Das müssen wir den anderen sagen!«

Jamie runzelte skeptisch die Stirn: »Stehen die denn nicht mehr oben und warten darauf, dass ich rauskomme?«

»Doch, leider«, bestätigte Ilka.

»Aber wie soll ich dann hier rauskommen?«, fragte Jamie.

Ilka lächelte ihm zu. »Durch schnelles Zusammenspiel.«

»Und geschickte Körpertäuschung«, fügte Linh grinsend an.

Jamie verstand nichts.

»Zähl bis 50. Und flitz dann aus dem Hauseingang ganz links zur Sporthalle. Unsere Mannschaft trainiert schon. Und vermisst dich!«

»Und ihr?«, wollte Jamie wissen.

»Wir sorgen für freie Bahn«, versprach Ilka. Sie zog ihre Jacke aus und hielt sie Jamie hin. »Klamottentausch!«

Jamie begann zu verstehen.

Keine drei Minuten später wurde einer der beiden Wachen, die Snake aufgestellt hatte, aufmerksam. Er sprang auf und zeigte aufgeregt auf eine Gestalt, die eindeutig Jamies Jacke trug.

»Da! Das ist er!«

Ilka – in Jamies Jacke – rannte los.

Die beiden Jungs hinterher.

Ilka sauste in den übernächsten Hauseingang.

Jagte die Kellertreppe hinunter, hockte sich in ein Kellerabteil und verhielt sich mucksmäuschenstill.

Schon im nächsten Moment stürmten die Jungs in das Treppenhaus. Versuchten, sich kurz zu orientieren. Und hörten hektische Schritte aus dem ersten Stock. Schritte, die sich nach oben bewegten. Sofort setzten sie nach.

Inzwischen lief Jamie aus dem Hauseingang ganz links zur Sporthalle.

Ilka lief einen Kellergang weiter, zog dabei die Jacke aus, klemmte sie sich unter den Arm und verließ das Nachbarhaus.

Linh hatte mittlerweile den zweiten Stock erreicht, stieg dort in den bereitgestellten offenen Fahrstuhl und drückte auf Erdgeschoss.

Gerade als die beiden Jungs den zweiten Stock erreicht hatten, schlossen sich die Türen und der Fahrstuhl fuhr abwärts.

»Runter!«, brüllte einer von ihnen.

Die beiden hetzten hinunter und erreichten das Erdgeschoss tatsächlich in dem Moment, als sich die Fahrstuhltüren gerade wieder öffneten.

Heraus trat Linh.

»Hallo!«, grüßte sie freundlich. »Sucht ihr jemanden?«

Natürlich erkannten die Jungs sie sofort.

»Du bist doch von Jamies Schule!«, gingen sie auf Linh los. »Wo ist er?«

»Wer?«, fragte Linh unschuldig.

»Frag nicht so blöd. Jamie natürlich!«

Linh blieb freundlich. »Oben in seiner Wohnung. Wir haben zwei Stunden lang Mathe geübt. Echt anstrengend, sage ich euch. Vor allem diese Textaufgaben.«

»Ja, ja, schon gut«, unterbrach sie einer der Streetballer barsch. Er warf einen skeptischen Blick nach oben. »Ich habe Jamie doch eben noch gesehen!« behauptete er.

»Na, wieso fragst du mich dann?«, gab Linh freundlich zurück, ging zwischen den beiden Jungs hindurch und verließ das Haus.

Jamies Ankunft verbesserte die Stimmung der Mannschaft schlagartig. Lennart strahlte und drückte Jamie an sich. Michael klopfte ihm anerkennend auf die Schulter. Jabali tanzte freudig um ihn herum und hieß ihn erneut willkommen. Und auch die anderen aus der Mannschaft sparten nicht mit Freudenausbrüchen.

Doch dann holte die Realität sie schnell wieder ein. Zwar war Jamie trotz der Niederlage gegen die Streetballer wieder bei ihnen, aber das änderte nichts an der fatalen Klatsche, die sie in dem Spiel bekommen hatten. Und: Jamie trug noch immer einen Verband um die Hand.

Zumindest in diesem Punkt konnte Jamie die anderen beruhigen. »Nur noch eine Vorsichtsmaßnahme. Die Hand ist fast schon hundert Prozent wieder okay!«

»Die Grünheimer haben ihr Testspiel übrigens 32:16 gewonnen«, hatte Cem gehört.

»Gegen wen?«, wollte Michael sofort wissen.

Cem senkte den Kopf. Eigentlich wollte er damit nicht herausrücken, um die anderen nicht noch weiter zu entmutigen.

»Sag!«, forderte Michael ihn aber auf.

»Eine Streetballmannschaft«, verkündete Cem kleinlaut.

Michael erstarrte. Würde sein Albtraum sich bewahrheiten, ausgerechnet gegen die Grünheimer sang- und klanglos unterzugehen?

»Nicht jede Mannschaft ist so wie die von Snake«, versicherte Jamie.

»Du meinst, so kriminell?«, fragte Michael.

Jamie verzog das Gesicht. Nicht so herausragend gut, hatte er eigentlich sagen wollen. »Eigentlich ist es hauptsächlich Snake, der so drauf ist.«

»Und ihr anderen nicht?«, wollte Jabali wissen.

»Na ja«, räumte Jamie ein. »Irgendwie ist es auch cool, in der Gruppe zu sein. Es macht Spaß, so gut Basketball zu spielen.«

»Aber sie spielen ja nicht nur Streetball«, hakte Michael nach.

Jamie zuckte mit den Schultern. »Ich will nicht länger drüber reden. Ich bin gekommen, um zu trainieren – damit wir gegen die Grünheimer gewinnen. Also, was ist?«

Und dann endlich begannen sie mit dem Training. Denn schon am nächsten Tag war das entscheidende Spiel.

Alles geht schief

»Oh nein! Das geht nicht. Auf gar keinen Fall!« Jabali war außer sich.

Doch seine Mutter fixierte ihn mit strengem Blick. »Dein Bruder hat Fieber«, erinnerte sie ihn und begann nochmals aufzuzählen, weshalb Jabali auf ihn aufpassen musste: »Es ist Samstag, da hat keine Arztpraxis geöffnet. Ich hab keine Medikamente im Haus und muss zur Apotheke. Papa hat noch zu tun ...«

»Ich hab auch zu tun!«, unterbrach Jabali.

Doch seine Mutter sprach einfach weiter: »... und kommt erst heute Nachmittag nach Hause. Ich kann Rasul mit seinem Fieber nicht mitnehmen.«

»Wir haben heute ein ungeheuer wichtiges Spiel«, beharrte Jabali.

»Dein Bruder ist wichtiger«, bestimmte seine Mutter. »Außerdem ist es nur für eine halbe Stunde.«

»Wir treffen uns in zehn Minuten. Ich bin ohnehin schon zu spät«, jammerte Jabali.

»Wenn ich mich recht erinnere, beginnt das Spiel aber erst in einer Stunde.«

Jabali öffnete den Mund, wollte etwas erwidern, doch für seine Mutter war die Debatte beendet.

Jabali stöhnte auf. Eine halbe Stunde. Das war viel zu lange. Da musste er längst in der Halle sein.

Seine Mutter nahm ihre Handtasche, prüfte, ob sich ihr Handy, der Hausschlüssel und ihr Portemonnaie darin befanden, und ging aus der Tür.

Kaum war seine Mutter ins Auto gestiegen und davongefahren, plärrte Rasul in seinem Bettchen los.

Auch das noch, ärgerte sich Jabali. Wieso musste diese Knalltüte ausgerechnet heute krank werden?

Michael konnte es nicht fassen. Er drehte fast durch, aber es war nichts zu machen.

»Hast du schon im Keller geschaut?«, fragte seine Mutter.

»Ich hab schon überall nachgeschaut«, versicherte Michael. »Außer auf dem Mond!«

Innerhalb der vergangenen eineinhalb Stunden

hatte Michael wirklich die gesamte Wohnung auf den Kopf gestellt, aber seine Sportschuhe für die Halle waren nirgendwo zu finden.

»Wo hast du sie denn zuletzt gehabt?«, fragte seine Mutter.

Michael verdrehte die Augen. Solche Fragen konnten nur Mütter stellen!

»Na, wenn ich das wüsste, wüsste ich ja auch, wo sie jetzt sind«, antwortete er.

»Zum Glück ist dein Hintern angewachsen, sonst würdest du den auch noch vergessen«, rief ihm seine Mutter aus der Küche zu.

Solche Sprüche halfen ihm nun wirklich nicht weiter. Seine Schuhe mussten irgendwo hier sein. Er war ganz sicher, sie nicht in der Schule vergessen oder verloren zu haben. Aber wohin hatte er sie nach dem Training gestern gestellt? Michael konnte gar nicht glauben, dass er sich nicht mehr erinnern konnte.

Dann fiel es ihm siedend heiß ein. Seine Schuhe waren bei Linh! Gestern nach dem Training hatten sie sich dort noch getroffen, um über Jamie und die Streetballer zu reden. Sie mussten eine Lösung finden, damit die Streetballer Jamie endgültig in Ruhe

ließen. Aber das Problem hatten sie dann verschoben. Gestern waren sie wegen des bevorstehenden Spiels gegen die Grünheimer viel zu aufgeregt gewesen. Auf jeden Fall hatte Michael seine Schuhe zum Lüften auf den Balkon gestellt – und sie dort vergessen.

Lennart ging nervös auf und ab. Das konnte gar nicht sein. Nur noch eine Stunde bis zum Spiel und sowohl Jabali und Michael als auch Jamie fehlten. Alle anderen waren pünktlich erschienen. Eineinhalb Stunden vor dem Spiel hatten sie sich verabredet. Extra so früh. Sie hatten sich noch warm laufen und einwerfen wollen. Bei diesem wichtigen Spiel durften sie nichts dem Zufall überlassen. Außerdem wollte Frau Kick sie noch mal taktisch einstimmen.

Es musste etwas passiert sein, da war sich Lennart ganz sicher. Anders konnte es gar nicht sein. Keiner der drei hätte sich ohne triftigen Grund verspätet. Michael schon gar nicht. Eine Niederlage gegen die Grünheimer wäre ein Weltuntergang für ihn. Er war gestern Abend bestimmt schon zwei Stunden früher als üblich schlafen gegangen, um heute auf jeden Fall ausgeruht und fit zu sein. Und ausgerechnet der sollte sich an diesem Morgen verspäten? Nie ... nie ... niemals!

Zum dritten Mal versuchte Lennart, Michael per Handy zu erreichen. Doch jedes Mal meldete sich nur die Mailbox.

Jabalis Handy klingelte zwar, aber ans Telefon ging auch er nicht. »Hat der seine Ohren zugeklebt?«, fluchte Lennart. »Mensch, nimm ab!«

Doch niemand nahm ab. Und Lennart war erneut überzeugt: »Da ist etwas passiert!«

»Bei allen dreien gleichzeitig?«, stutzte Ilka. »Das wäre aber sehr unwahrscheinlich.«

»Vielleicht nicht bei allen dreien gleichzeitig, sondern bei allen dreien zusammen«, veränderte Lennart Ilkas Frage nur ein wenig, und schon schien es gar nicht mehr so unwahrscheinlich.

»Haben die sich denn getroffen?« Soweit Ilka wusste, hatten die drei unterschiedliche Wege zur Sporthalle. Sie hätten sich ausdrücklich verabreden müssen. Warum aber hätten sie das tun sollen?

Wie man es drehte und wendete: Das Fehlen der drei blieb außerordentlich rätselhaft.

 Michael rief Linh zu Hause an, damit sie ihm seine Schuhe mitbrachte. Doch Linh war bereits auf dem Weg zur Halle.

»Oh Mann!«, fluchte Michael. »Heute geht aber auch alles schief!«

Wenigstens waren Linhs Eltern zu Hause. So konnte Michael noch schnell bei ihnen vorbei, um seine Schuhe selbst abzuholen. Auch wenn dieser Umweg zusätzliche Zeit kostete. Sofort schwang Michael sich auf sein Rad und düste los.

Währenddessen ging Jabali vor dem Küchenfenster auf und ab wie ein nervöser Panther im Käfig und ließ die Straße nicht aus den Augen. Vor allem den freien Parkplatz vor der Tür hatte Jabali im Visier. Jeden Moment musste seine Mutter zurückkommen. Dann konnte sie gleich vor dem Haus parken und musste nicht erst einige Male um den Block fahren, um einen Parkplatz zu suchen.

Jabali sah auf die Uhr. 25 Minuten war seine Mutter nun schon weg. Wo blieb die denn nur so lange?

Rasul machte sich erneut bemerkbar. Er hatte Durst.

Jabali goss ein Glas mit stillem Wasser voll und brachte es seinem fiebrigen Bruder.

»Fernsehen!«, verlangte der, nachdem er das Glas leer getrunken hatte.

»Du spinnst wohl«, pfiff Jabali ihn an. »Du bist krank!«

Nicht, dass Jabali wirklich etwas dagegen gehabt hätte, dass Rasul fernsah. Aber der Fernseher stand im Wohnzimmer. Von dort hatte Jabali die Straße nicht mehr im Blick.

Er musste los, hatte sich bereits fertig angezogen und trug unter seinem Trainingsanzug auch schon sein Basketball-Sportzeug, um nur ja keine weitere Minute mehr zu verlieren. Wenn seine Mutter doch nur zurückkommen würde. Jabali sah aus dem Fenster und – der Parkplatz war besetzt. Aber von einem anderen Auto.

»Oh nein!«, stöhnte er.

Doch dann endlich hörte Jabali den Schüssel im Schloss.

»Jabali?«, rief seine Mutter in den Flur hinein.

»Ja!«, brüllte Jabali zurück. »Endlich!« Flüchtig hauchte er seiner Mutter einen Kuss auf die Wange. »Alles okay. Rasul will fernsehen. Tschüss!«

Und schon war er draußen, sauste die Treppe hinunter und rannte, so schnell er konnte, zur Sporthalle.

Etwa zur gleichen Zeit wie Michael kam er dort an.

Lennart fiel ein Stein vom Herzen, als die beiden sich abgehetzt und außer Atem in der Halle meldeten.

»Gott sei Dank!«, sagte Lennart. »Das Spiel fängt gleich an. Wenigstens ihr seid jetzt da.«

»Was heißt das denn?«, fragte Michael. »Wenigstens ihr? Wer fehlt denn noch?«

»Jamie!«, antwortete Lennart.

»Oh nein!« Michael raufte sich die Haare. »Nicht schon wieder!«

Das Entscheidungsspiel

Jamie dachte gar nicht daran, klein beizugeben. Doch Snake und die anderen hatten sich um ihn herum aufgebaut, sodass er zu keiner Seite entkommen konnte. Sie zogen den Kreis um Jamie immer enger, bis Snake dicht vor ihm stand und sich ihre Nasenspitzen beinahe berührten. »Du hast uns verpfiffen«, warf Snake ihm erneut vor.

Jamie stritt es ab.

»Dann erklär mir mal, wieso uns die Bullen auf den Fersen sind«, verlangte Snake, wobei er Jamie am Kragen packte und durchschüttelte.

Jamie blieb dabei. Er hatte gegenüber der Polizei nichts gesagt. Inzwischen bereute er es aber fast schon.

»Lass mich durch«, forderte Jamie im Gegenzug. »Ich hab euch nicht verraten. Aber ich will mit euch auch nichts mehr zu tun haben. Ich muss zu einem wichtigen Spiel.«

Snake lachte gehässig. »So, so zu einem wichtigen Spiel. Und du willst mit uns nichts mehr zu tun haben? Interessant. Also doch ein Verräter. Hab ich doch gleich gesagt. Aber Verräter lassen wir nicht laufen. Los, du kommst mit.«

Snake packte Jamie am Kragen. Jamie wollte sich wehren, doch sofort waren die anderen zur Stelle. Zu viert packten sie Jamie und schleiften ihn mit sich. Jamie hatte keine Chance, etwas dagegen auszurichten.

Zur gleichen Zeit stand in der Halle der Beginn des Spiels kurz bevor. Nervös schauten sich Michael, Lennart, Jabali und die anderen aus ihrer Mannschaft um, ob Jamie nicht doch noch auftauchte. Aber er kam nicht.

Michael beobachtete, wie die Grünheimer beim Einwerfen und Warmlaufen auf dem Spielfeld immer wieder zu ihnen herüberschauten und sich fröhlich zufeixten. Irgendwie hatten sie mitbekommen, dass ihr Star noch fehlte.

»Würde mich nicht wundern, wenn die Grünheimer etwas mit Jamies Fehlen zu tun hätten«, unkte Michael.

Doch Lennart konnte sich das nach wie vor nicht vorstellen.

»Woher wissen die sonst, dass Jamie fehlt?«, fragte Michael.

Aber Lennart widersprach ihm. »Dass er bei uns mitspielt, stand doch nach dem letzten Spiel sogar in der Zeitung. Und jetzt sehen sie ihn eben nirgends. Genauso wenig wie wir.«

»Was glaubst du dann, was mit Jamie los ist? Der lässt uns doch nicht hängen. Nicht nach allem, was passiert ist!«, glaubte Michael.

Das war das richtige Stichwort. Fand Jabali. Er überlegte laut: »Vielleicht hat es genau damit etwas zu tun, was passiert ist?«

»Hä?« Michael verstand Jabalis Überlegung nicht.

»Was ist, wenn Snake und seine Jungs Jamie immer noch nicht zufriedenlassen?«, fragte Jabali.

»Das könnte natürlich sein«, stimmte Michael zu.

Lennart winkte schnell Ilka und Linh herbei, die schon auf der Tribüne saßen. Die beiden hatten bereits versucht, Jamie per Handy zu erreichen. Doch er hatte nicht abgenommen.

Lennart befürchtete das Schlimmste. Aber er

wusste nicht, was sie nun unternehmen sollten. Er wusste nur, er, Michael und Jabali konnten sich nicht darum kümmern. Jeden Moment wurde das Spiel angepfiffen. Und ebenso klar war: Ohne Jamie hatten sie wenig Chancen gegen die Grünheimer.

Ilka und Linh hatten bereits verstanden. Und ihr erstes Ziel stand auch schon fest: der Streetballplatz.

»Viel Glück!«, rief Lennart ihnen hinterher.

In dem Moment wurde das Spiel auch schon angepfiffen.

Linh und Ilka rannten auf direktem Weg zum Streetballplatz.

Sie wussten nicht, dass sie mit ihrer Vermutung goldrichtig lagen. Zur selben Zeit, als die beiden Mädchen losliefen, erreichten Snake und seine Jungs mit Jamie den Platz. Offenbar hatte Snake von dem Spiel heute Wind bekommen und war sehr gut vorbereitet. Denn plötzlich zog er ein paar Kabelbinder aus der Hosentasche und fesselte Jamie mit diesen Kunststoffbändern an den Maschendrahtzaun, der das Spielfeld begrenzte.

»Was soll das?«, schimpfte Jamie. »Was habt ihr mit mir vor? Lasst mich los!«

»Wir brauchen nur eine kleine Unterschrift von dir«, verkündete Snake.

Jamie verstand nicht. Was für eine Unterschrift?

Einer der vier Streetballer lief los. Snake und die anderen warteten. Jamie wusste nur, er kam viel zu spät zum Spiel. Es musste längst begonnen haben. Wieder warteten seine neuen Schulfreunde vergeblich auf ihn.

In der Halle versuchte Lennart derzeit alles, um die Lücke, die Jamie hinterließ, zu füllen. Obwohl Jamie erst kurze Zeit mit ihnen spielte, hatten er und die anderen schon einiges von ihm gelernt. Trotzdem würde es ohne Jamie kaum reichen.

Lennart dribbelte den Ball, nahm Tempo auf, blieb vor seinem direkten Gegenspieler plötzlich stehen und versuchte den Trick, den er sich von Jamie abgeguckt und seitdem x-mal zu Hause am Garagentor geübt hatte. Er täuschte einen Dreierwurf an, doch er stieß nur die leere Hand nach oben, während er den Ball blitzartig über den Ellenbogen einfach zu Boden tropfen ließ. Sein Gegenspieler fiel auf die Täuschung herein, drehte sich, um die Flugbahn des Balles zu verfolgen, der in Wahrheit aber vor seinen Füßen lag. Während der Gegenspieler ihm also noch den Rücken zuwandte, nahm Lennart den Ball, lief an ihm vorbei in die Innenzone und stieg hoch. Ein Gegenspieler sprang mit, um den Wurf auf den Korb abzublocken. Doch Lennart warf nicht, sondern spielte aus der Luft heraus Jabali an. Der hatte aufgepasst, war am äußersten rechten Rand mitgelaufen und sprang jetzt ebenfalls hoch. Er fing den Ball von Lennart in der Luft, stieg weiter und legte den Ball im Korb ab. 2:0 für die James-Connolly-Schule.

»Yeah!«, brüllte Michael und ballte die Siegerfaust.

Doch im nächsten Moment rollte schon der Gegenangriff. Mit nur zwei Zuspielen standen die Grünheimer an der Dreierlinie. Deren größter Spieler – den weder Michael noch Lennart je zuvor gesehen hatten – nahm Maß, warf – und traf! Ein Dreier! 3:2 für die Grünheimer.

»Mann!«, schimpfte Jabali. »Wieso lasst ihr den denn einfach so frei zum Wurf kommen?«

Cem zuckte mit den Schultern. »Wie sollte ich wissen, dass der so gut wirft?«

»Das war doch ein Glückstreffer!«, spielte Michael die Leistung des Grünheimers sofort herunter.

»Das glaube ich leider nicht«, widersprach Lennart. »Aber los. Weiter!«

Als Linh und Ilka den Streetballplatz erreichten, kam der fehlende Junge gerade zurück. Er trug einen großen schwarzen Rucksack bei sich.

Ilka und Linh gingen schnell in Deckung, um nicht gesehen zu werden.

»Da sind sie!«, flüsterte Ilka aufgeregt.

»Und Jamie ist gefesselt«, erkannte Linh. »Siehst du das?«

Ilka sah es und sie wusste, sie mussten Jamie helfen. Nur, wie?

»Sei mal ruhig«, bat Linh. »Vielleicht können wir verstehen, was sie reden.«

Aber das war auf die Entfernung schwierig. Die Mädchen hockten hinter einem Busch, konnten sich im Gestrüpp zwar noch ein wenig heranschleichen, aber trotzdem standen die Jungs zu weit entfernt, um sie zu verstehen.

Zumal Snake und seine Kumpels nicht gerade erpicht darauf waren, dass ein Außenstehender mitbekam, was sie zu sagen hatten. Sie sprachen jedenfalls auffällig leise. Und einer von ihnen drehte sich immer wieder zu allen Seiten um und checkte, ob die Luft rein war oder sich möglicherweise wieder eine Zivilstreife der Polizei in der Nähe aufhielt.

Dann mussten Linh und Ilka sich ganz flach machen, um nicht entdeckt zu werden.

»So geht es nicht«, stellte Ilka fest. »Aber ich hab vielleicht eine Idee.«

Lennart hatte sich zur zentralen Figur seiner Mannschaft entwickelt. Jeder Angriff lief über ihn. Das hatten auch die Grünheimer bemerkt und nahmen ihn deshalb in Doppeldeckung. Das hieß, einer ging immer sofort direkt auf Lennart los, sobald der in Ballbesitz war. Auf diese Weise gelang es ihm manchmal, Lennart zu einem unpräzisen Abspiel zu zwingen oder dafür zu sorgen, dass dessen Mannschaft ihren Angriff nicht in den vorgeschriebenen 24 Sekunden vollziehen konnte. Ein zweiter Spieler wachte im Hintergrund. Sobald Lennart sich entschloss, zu dribbeln statt abzuspielen, kam er hinzu, sodass Lennart es mit zwei Gegnern zu tun hatte.

Genau darin sah Lennart eine Chance. Dadurch, dass die Grünheimer sich so sehr um ihn kümmerten, vernachlässigten sie die Deckung der anderen. Allen voran die Deckung von Michael. Die Grünheimer hatten ihn als schwächstes Glied der Mannschaft ausgemacht und empfanden ihn nicht als ernsthaften Gegner.

»Wieso das denn?«, empörte sich Michael, als Lennart ihm das in einer Auszeit steckte, die Frau Kick extra deshalb genommen hatte. »Spinnen die?«

»Nutz es!«, forderte Lennart. Und Frau Kick stimmte ihm zu. »Wechsel blitzschnell deine Position mit Cem. Die Grünheimer denken, du bist unser Rebound-Spieler.«

»Bin ich ja auch«, stellte Michael klar.

»Ja«, gab Frau Kick zu. »Aber deshalb achten sie nicht besonders auf dich, wenn wir im Angriff sind. Sie konzentrieren sich ganz auf Lennart. Daher: Die nächsten Rebounds holt sich Cem, während du dich klammheimlich nach vorn orientierst«, wies sie an. »Und zwar über die rechte Seite. Dort sind sie anfälliger.«

»Genau!« Das war exakt die Taktik, die auch Lennart sich überlegt hatte. »Cem holt den Rebound. Ich schnappe mir den Ball von ihm, spiele sofort direkt weit nach vorn auf Michael.«

»Und ich?«, fragte Michael.

»Du machst dann den Korb!«, erklärte Lennart.

»Ich?« Michael litt wahrlich nicht an mangelndem Selbstbewusstsein, aber das konnte nicht einmal er sich vorstellen. »Ich bin der schlechteste Korbwerfer von uns!«, musste er zugeben.

»Genau deshalb«, bekräftigte Lennart. »Versuch es einfach. Denk daran, wie wir trainiert haben. Vielleicht hast du heute einen guten Tag und triffst ein paarmal hintereinander den Korb.«

»Richtig«, erklärte nun Frau Kick wieder weiter. »Das wird die Grünheimer völlig durcheinanderbringen. Und wenn sie sich halbwegs auf die neue Situation eingestellt haben, wechseln wir noch mal. Dann holt Michael wieder die Rebounds, aber Cem übernimmt die Rolle des Spielmachers, Lennart geht an den Rand, um von dort Cems Pässe entgegenzunehmen. Wir müssen sie durch Flexibilität mürbe machen.«

»Okay!«, stimmte Michael zu.

»Das ist das Stichwort: mürbe machen«, mischte Jabali sich ein. »Ich nehme mir jetzt mal dieses Dreier-Wurf-Monster vor. Dem trete ich so auf seine Füße bis der die Bälle nur noch auf den eigenen Korb wirft.«

»Tu das!«, lachte Lennart.

Es stand 18:13 für die Grünheimer. Und das hieß, sie waren dran. Hatten alle Chancen, den kleinen Vorsprung aufzuholen und die Grünheimer zu schlagen. Und genau das wollten sie jetzt tun. Die Auszeit war zu Ende. Alle Spieler stellten sich im Kreis auf, legten einander die Arme um die Schultern, steckten die Köpfe zusammen und Lennart rief: »Wie gehen wir heute vom Platz?«

Und die anderen brüllten ihm zu: »Als Sieger!«

Und auf ging's.

»Meinst du, du bekommst die Kabelbinder auf?«, fragte Linh.

Ilka zeigte nur auf ihr Notfalltäschchen, das sie wie meistens am Gürtel trug.

Linh wusste Bescheid: In Ilkas Täschchen befanden sich sowohl eine kleine Verbandsschere als

auch ein Schweizer Taschenmesser. Damit konnte man Kabelbinder mühelos durchschneiden. Die einzige Schwierigkeit war, wie Ilka unbemerkt an Jamie herankam. Darin genau bestand Linhs Aufgabe.

Und noch ein Problem galt es zu lösen: Zwar konnte Ilka die Kabelbinder auch von außen durchtrennen, aber Jamie stand innerhalb des eingezäunten Platzes. Selbst wenn Ilka ihn befreit hatte, blieb die Frage, wie er das Spielfeld unbemerkt verlassen sollte.

Doch Linh zeigte auf eine Ecke des Zauns.

Jetzt sah Ilka es auch. An der Stelle klaffte ein Loch. Offenbar war es irgendwelchen Jugendlichen mit der Zeit zu blöd geworden, jedes Mal, wenn hier ein Ball über den Zaun flog, erst zur gegenüberliegenden Seite durch den Eingang zu müssen, um den Ball dann umständlich wiederzuholen.

»Na, dann hat es heute ja mal etwas Gutes, dass Sport- und Spielplätze so selten repariert werden«, kommentierte Linh. »Also, ich lenke sie ab, du befreist Jamie und er soll durch das Loch schlüpfen.«

»Okay!«, stimmte Ilka zu. Dann schlich sie nach rechts Richtung Jamie.

Linh lief zum Eingang ins Spielfeld. Zum Glück waren die beiden Jungs von gestern nicht dabei. Hoffentlich hatten sie den anderen nichts von ihrem unrühmlichen Zusammentreffen mit ihr erzählt.

Als Ilka in Hörweite der Gruppe ankam, packte Snake vor Jamie gerade den Rucksack aus, den sein Kumpel geholt hatte, MP3-Player, Handys, CDs, Kopfhörer, sogar einige kleine Digitalkameras kamen zum Vorschein. Es handelte sich um einen Teil der Beute aus dem Einbruch.

Ilka machte sich so klein wie möglich und griff nach ihrem Handy.

»Damit gehst du zur Polizei und stellst dich«, verlangte Snake. »Du hast uns verpfiffen und wegen dir haben wir die Polizei an den Hacken. Also wirst du auch dafür sorgen, dass sie uns in Frieden lässt. Indem du dich stellst und den Einbruch auf deine Kappe nimmst. Wenn du dich freiwillig stellst, bekommst du auch ein milderes Urteil.«

Auch Linh hatte den größten Teil von Snakes Drohung mitbekommen. Ohne dass die Jungs es bemerkt hatten, war sie durch den Eingang dicht an die Gruppe herangegangen.

»Na, da wird sich die Polizei aber freuen, wenn ich als Zeugin aussage«, warnte Linh.

Erschrocken fuhren Snake und die anderen herum. Sie hatten die kleine Linh tatsächlich nicht gehört, die sich wie eine Katze angeschlichen hatte.

»Was willst du denn hier?«, blaffte Snake sie an. »Verschwinde. Das geht dich nichts an hier!«

»Ach, und das bestimmst du, oder wie?«, entgegnete Linh unerschrocken.

Snake gab einem seiner Kumpel einen kleinen Wink, worauf der sofort auf Linh zustürmte. Doch Linh war darauf vorbereitet. Scheinbar unbeholfen wartete sie den Angriff auf sich ab. In Wahrheit aber war sie hochkonzentriert, beobachtete jede kleinste Bewegung ihres Gegners. Ihr ganzer Körper steckte voller Anspannung wie bei einer Raubkatze, die jeden Moment zuschlägt. Genau das tat auch Linh. Der Junge ging auf sie los, streckte seine rechte Hand nach ihr aus, mit der er Linh am Kragen packen und wegschleifen wollte. Blitzartig duckte Linh sich weg, griff den ausgestreckten Arm, drehte sich, zog den Arm über ihre Schulter, bohrte sich gleichzeitig mit ihrem Hinterteil in seinen Unterleib und schon flog er in hohem Bogen mit einem Überschlag über Linh hinweg und knallte hart auf den Boden. Mit einem klassischen Schulterwurf hatte Linh ihn niedergestreckt und verdrehte seinen Arm bis zum Anschlag. Der Junge schrie auf. Linh stellte einen Fuß auf sein Schulterblatt und verdrehte ihm den ausgestreckten Arm noch weiter.

»Bitte nicht noch mal anfassen!«, warnte sie höflich. »Basketball ist ein körperloses Spiel, sagt man. Judo und Karate sind es leider nicht. Und das sind *meine* Sportarten. Haben wir uns verstanden?«

»Schnappt sie!«, befahl Snake.

Doch kaum hatten die Jungs auch nur einen Fuß in Bewegung gesetzt, um auf Linh loszugehen, schrie der Junge erneut auf. Er brüllte so jämmerlich vor Schmerz, dass die anderen erschrocken erstarrten.

»Nicht nur beim Streetball gibt es gute Tricks«, teilte Linh den Jungs mit. »Noch einen Schritt und ich kugele ihm den Arm aus«, drohte sie.

»NEIN! NEIN!«, flehte der Junge.

»Was verlangst du?«, fragte Snake. Er hatte sofort begriffen, dass er im Moment nichts anderes tun konnte, als zu verhandeln.

»Ich will Jamie!«, forderte Linh.

Snake lachte. »Du weißt, dass wir ihn uns dann zu einem anderen Zeitpunkt schnappen?«, fragte er spöttisch.

Linh lächelte freundlich zurück. »Was wäre das Leben, hätten wir nicht den Mut, etwas zu riskieren?«

»Hä?«, fragte Snake.

»Also?«, fragte Linh, ohne Snake die Redewendung zu erläutern. »Kann ich nun Jamie mitnehmen oder muss ich ihm hier ...«, sie blickte hinunter auf den Jungen am Boden, dessen Arm sie immer noch verdrehte, »... wirklich erst den Arm auskugeln?«

»Nein! Nein!«, bettelte der am Boden Liegende.

»Okay«, gab Snake nach. »Für heute kannst du Jamie mitnehmen. Aber wir kommen wieder.«

Er drehte sich zu Jamie um. Aber da, wo der eben noch an den Zaun angebunden war, lagen nun nur noch zwei zerschnittene Kabelbinder. Jamie war verschwunden.

»Wo ...?«, stotterte Snake. Er schaute den Zaun

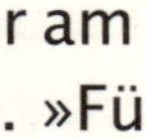

entlang, übers Spielfeld. Aber von Jamie keine Spur.

Snake wandte sich wieder um zu Linh. Doch auch die war verschwunden. Sein Kumpel lag allein auf dem Boden und rieb sich den schmerzenden Arm.

»Das gibt es doch gar nicht!«, lachte Linh.

Linh und Ilka hätten sich nicht vorgestellt, dass Jamies Befreiung so einfach sein würde. So wie die Streetballer sonst den Basketball vor den Augen ihrer verdutzten Gegner verschwinden und wieder auftauchen ließen, so mysteriös hatten sie Jamie vor den Augen der Streetballer verschwinden lassen.

Jamie strahlte vor Glück. »Jetzt aber schnell zur Halle«, sagte er. »Hat das Spiel schon begonnen?«

»Allerdings«, berichtete Ilka. »Und sie brauchen dich!«

Mittlerweile stand es 45:38 für die Grünheimer. Was Lennart und seine Mannschaft auch probierten, immer wenn sie dem Ausgleich nahe kamen, legten die Grünheimer wieder vor. Jetzt waren nur

noch zehn Minuten zu spielen. Zehn Minuten war aber keine Zeit für lediglich sieben Punkte. Die konnte man leicht aufholen. Allerdings auch ebenso schnell weitere sieben Punkte in Rückstand geraten.

Michael ging gerade vom Feld, um Sergej spielen zu lassen. Da sah er sie: Linh, Ilka und Jamie betraten die Halle.

»Sie sind da!«, brüllte Michael. So laut, dass nicht nur alle Ersatzspieler zur Eingangstür schauten. Sogar einige Spieler auf dem Feld drehten kurz die Köpfe.

Jabali sah ihn als Erster und rief genauso erfreut wie zuvor Michael: »Jamie ist da!«

Jamie lief den Gang entlang zur Ersatzbank seiner Mannschaft und wurde dort unter großem Jubel empfangen.

»Schnell!«, rief Frau Kick. »Bist du fit?«

»Klar!«, antwortete Jamie.

»Dann zieh dich um und rein mit dir!«

Doch Jamie musste sich nicht groß umziehen. Er riss sich förmlich Hemd und Hose vom Leib. Darunter kam sein Basketballdress zum Vorschein. Nur noch die Schuhe zugeschnürt und schon lief er aufs Spielfeld. Jabali machte für ihn den Platz frei.

Allein schon die Tatsache, dass Jamie auf dem Platz stand, beflügelte Lennarts Mannschaft. Gerade wollte der lange Grünheimer zu einem neuen Dreier-Wurf ansetzen. Doch Sergej sprang an ihn heran und ohne den Gegner zu berühren blockte er den Wurf ab. Der Ball prallte auf den Boden. Sergej reagierte schneller als sein Gegner, griff sich den Ball und passte ihn blitzschnell zu Lennart. Der ging damit allein durch und verkürzte den Abstand mit einem gelungenen Korbleger. Nur noch 45:40.

Jabali, Michael, Linh, Ilka und die anderen jubelten lauthals am Rande.

Die Grünheimer wurden nervös. Schon der erste Pass ging wieder daneben. Diesmal schnappte sich Jamie den Ball, trickste zwei Gegenspieler aus, wie er und seine ehemaligen Kumpels es auf dem Streetballfeld unzählige Male getan hatten, und warf den Ball von der Dreierlinie aus in den Korb. 45:43.

Noch ehe die Grünheimer begriffen, was geschehen war, und sich auch nur halbwegs auf die plötzliche Ankunft von Jamie einstellen konnten, hatte

 Lennarts Mannschaft schon die Führung übernommen: 46:45.

Michael und Jabali umarmten sich und tanzten am Spielfeldrand einen Freudentanz.

Auch Frau Kick strahlte übers ganze Gesicht.

»Wo habt ihr Jamie denn aufgetrieben?«, fragte sie.

Ilka machte kurz ein ernstes Gesicht. »Das ist eine lange Geschichte«, kündigte sie an. »Nur so viel: Ich habe ein kleines Video mit meinem Handy gemacht, mit dem wir nach dem Spiel zur Polizei gehen müssen.«

»Zur Polizei?«, erschrak Frau Kick.

Ilka zog entschuldigend die Schulter hoch. »Tja, leider. Aber nur so wird Jamie in Zukunft Ruhe haben.«

Ilka drückte die Videofunktion ihres Handys und prüfte, ob ihre Aufnahme gelungen war. Linh schaute ihr über die Schulter.

Auf dem Video sah und hörte man, wie Snake von Jamie verlangte, sich trotz seiner Unschuld der Polizei zu stellen und den Einbruch auf seine Kappe zu nehmen, um Snake und die anderen zu entlasten.

»Alles drauf!«, freute sich Linh.

»Das haben wir wirklich gut gemacht«, fand Ilka.

Alles Weitere ging im Siegesjubel unter. Denn soeben ertönte die Schluss-Sirene. Die James-Connolly-Schule gewann das Spiel mit 49:48.

dtv junior
Olympiareife Detektive
Fünf Asse
Andreas Schlüter
Irene Margil
Startschuss
Sport-Krimi
ISBN 978-3-423-71319-1
Schulterwurf
Sport-Krimi
ISBN 978-3-423-71320-7
Schmetterball
Sport-Krimi
ISBN 978-3-423-71321-4
Fehltritt
Sport-Krimi
ISBN 978-3-423-71322-1
www.fuenf-asse.de

PUMA®

Steht auf
und frühstückt!
nutella
www.nutella.de